U0658528

我的幸运

自从我厌倦了寻找，
我就学会了找到。
自从我顶了一回风，
我就处处一帆风顺。

——摘自周国平译稿

勇往直前

你站在何处，你就深深地挖掘！
下面就是清泉！
让愚昧的家伙去怨嗟：
"最下面是——地狱！"

——摘自周国平译稿

Also sprach Zarat

Ein Buch für Allen

von

F. N.

Mit diesem Buche bin ich in n
"Ring" eingetreten — von jetzt a
wohl in Deutschland unter
gerechnet werden. Es ist eine
Art von "Moral-

…a.

…Keinen.

…[illegible]

…ande ich

Verrichten

…[illegible]

…Dichten

Epilog. — Ich grüße nun

falschen und scharfen Auge

erkennen vermöcht als ein

geistiger Freiheit zur An

wie ich gab; und ich von

elektrisches Band über

zusammen heraus bis in

Möge sie nun für alles

schöne Wanderungsl

mit Größe und Ganz

mit welcher Empfindung

Ende des Buches als

Dies das Buch

Lieb sehr

Dies schon

Wenn er

meinen Leser, die ihr nicht absichtlich mit

es Buch lest, ihr, die ihr mehr an ihm zu

achten, in welchem ein Zerr- und Fratzenbild

aufgehängt ist. Ihr wisst, was ich gab und

wie viel mehr ich wollte – nämlich ein

undert hin zu schauen, aus meinem Werke-

zu Wannen meiner Gewalten & Geister.

und Stimmen, was ich sagte und schrieb, wie

lle sind solche unter euch, welche Lob und

mit Gelächtern vergelten sollten: –

Jeden von diesen Werke, soll hin an

der Gruss ausgesprochen werden:

versucht, quält Sehnsucht euch und

Beschämung,

r die nicht reich und schön erblüht.

Glück, dass ich dem Grösseren nachgeh;

ldenen Lotwagt eignen Loosen sich freut.

x x x

Friedrich Nietzsche

尼 采 诗 集

Sämtliche Gedichte

[德]弗里德里希·尼采 著

周国平 译

上海译文出版社

倘若人不也是诗人、猜谜者、偶然的拯救者，我如何能忍受做人！

一切诗人都相信：谁静卧草地或幽谷，侧耳倾听，必能领悟天地间万物的奥秘。

——弗里德里希·尼采

译者序

一

十九世纪中叶某一天，在德国东部的一条大路上，一个乡村牧师带着他的不满五岁的儿子，从吕茨恩市回附近的本村去。那绿树环抱的小小一个勒肯村就在大路边，父子俩已经可以望见村里教堂那长满青苔的尖顶，听见悠扬的复活节钟声了。不久后，牧师病逝。在孩子敏感的心灵里，这钟声从此回响不已，常常带着他的忧思飞往父亲的墓地。

一年后，弟弟又夭折。亲人接连死亡，使孩子过早地失去了童年的天真烂漫，开始对人生满怀疑虑。他喜欢躲进大自然的殿堂，面对云彩或雷电沉思冥想。大自然的美和神秘在他心中孕育了写诗的欲望。在他十岁那一年，他的诗兴第一次蓬发，写了五十首诗，当然不免是些模仿之作。中学时代，他的小本子里写满了诗。有一首诗，写一个漂泊者在一座古城废墟上沉睡，梦见该城昔日的辉煌和最后的厄运，醒来后悟到人间幸福的短暂。他的少年习作，调子都那样忧伤：

当钟声悠悠回响，
我不禁悄悄思忖：
我们全体都滚滚
奔向永恒的家乡。

——《当钟声悠悠回响》

诗是忧伤的，但写诗却是快乐的，哪怕写的是忧伤的诗。他从写诗中发现了人生的乐趣。他梦想自己写出一本本小诗集，给自己读。从童年到学生时代，从学院生涯到异国漂泊，他不停地写诗，但生前只发表了一小部分。他死后，虽然名闻遐迩，无人不知，却不是因为他的诗。提起尼采，人们都知道他是一个哲学家，而且是一个大有争议的哲学家，荣辱毁誉，莫衷一是。似乎是，人们关于他的哲学的意见把他的哲学掩盖了，而他的哲学又把他的诗掩盖了。但他的诗毕竟在德国文学史上占据着重要的一页。

二

尼采一八四四年十月十五日生于勒肯，一九〇〇年八月二十五日死于魏玛。他是一个哲学家，但哲学从来不是他的职业。在莱比锡读大学时，他学的是古典语文学，对古希腊文献有精湛的研究。从二十四岁起，他应聘在瑞士巴塞尔大学当了十年古典语文学教授。三十四岁时，因病辞去教职，从此辗转于南欧的山谷海滨，直到十年后精神病发作，被人从客寓地接回家乡。十年的漂泊生涯，正是他的精神创作最丰产的时期。他的大部分哲学著作，例如《快乐的科学》《查拉图斯特拉如是说》《善恶的彼岸》《偶像的黄昏》，以及他的大部分优秀诗作，都是他浪迹四方的随感。与学院哲学家不同，他厌恶书斋生活，反对构造体系。他自己说，他宁愿在空旷的地方，在山谷和海滨，在脚下的路也好像在深思的地方思考。当他在大自然中散步、跳跃、攀登的时候，思想像风一样迎面扑来，他随手记到笔记本上。所以，他的哲学著作大多用格言和警句写成，充满譬喻和象征，把哲学和诗融成了一体。

德国近代是哲学家和诗人辈出的时代，而且，许多大诗人，如歌德、席勒、威廉·施莱格尔、诺瓦里斯、海涅，也都兼事哲学。不过，大哲学家写诗而有成就的，恐怕要数尼采了。哲学和诗两全是一件难事，在同一个人身上，逻辑与缪斯似乎不大相容，往往互相干扰，互相冲突，甚至两败俱伤。席勒就曾叹诉想象与抽象思维彼此干扰给他带来的烦恼，歌德也曾批评席勒过分醉心于抽象的哲学理念而损害了诗的形象性。但这种冲突在尼采身上并不明显，也许正是因为，他的哲学已经不是那种抽象思维的哲学，而是一种诗化的哲学，他的诗又是一种富有哲理的诗，所以二者本身有着内在的一致。

十九世纪后半叶，德国最后一位浪漫主义大诗人海涅已经去世，诗坛一时消沉，模仿空气甚浓。当时，尼采的诗独树一格，显得不同凡响，并对后来盖奥尔格、里尔克、黑塞等人的新浪漫主义诗歌发生了重大影响。

三

尼采把自己的诗分为两类，一类是“格言”，即哲理诗；另一类是“歌”，即抒情诗。他的格言诗凝练，机智，言简意赅，耐人寻味。如他自己所说：“我的野心是用十句话说出别人用一本书说出的东西——说出别人用一本书没有说出的东西。”为了实现这个“野心”，他对格言艺术下了千锤百炼的功夫。有些格言诗，短短两行，构思之巧妙，语言之质朴，意味之深长，堪称精品。例如：

整块木头制成的敌意

胜过胶合起来的友谊！

——《老实人》

锈也很必要：单单锋利还不行！

人们会喋喋不休："他还太年轻！"

——《锈》

他为了消磨时光而把一句空话

射向蓝天——不料一个女人从空中掉下。

——《非自愿的引诱者》

不要把自己吹得太大：

小针一刺就会使你爆炸。

——《反对狂妄》

尼采的抒情诗也贯穿着哲理，但方式与格言诗不同。他力图用他的抒情诗完整地表现他的哲学的基本精神——酒神精神，追求古希腊酒神祭颂歌那种合音乐、舞蹈、诗歌为一体，身心完全交融的风格，其代表作是《酒神颂》。这一组诗节奏跳跃，韵律自由，如同在崎岖山中自由舞蹈；情感也恣肆放纵，无拘无束，嬉笑怒骂，皆成诗句。尼采自己认为《酒神颂》是他最好的作品。无论在形式上还是内容上，它的确是一组非常独特的抒情诗，最能体现尼采的特色。

四

自幼沉浸在忧伤情绪中的尼采，当他成长为一个哲学家的时候，生命的意义问题就自然而然地成了他的哲学思考的中心问题。同样，在他的诗歌中，永恒与必然、生命与创造、理想与渴望成了吟咏的主题之一。他一辈子是个悲观主义者，但他也一辈子在同悲观主义作斗争。他热爱人生，不甘于悲观消沉，因此，这个忧郁气质的人反而提倡起一种奋发有为的人生哲学来了。为了抵抗悲观主义，他向古希腊人求援。他认为，古希腊人是对人生苦难有深切体会的民族，但他们用艺术战胜人生苦难，仍然活得生气勃勃。所谓艺术，应作广义理解，指一种生活方式。一方面，这是一种审美的生活方式，迷恋于人生的美的外观，而不去追根究底地寻求所谓终极意义。

你站在何处，你就深深地挖掘！
下面就是清泉！
让愚昧的家伙去怨嗟：
“最下面是——地狱！”

——《勇往直前》

在人生中发现美，但不要进一步追究美背后的虚无。尼采用希腊神话中给万物带来光明和美丽外观的太阳神阿波罗来命名这种审美的生活方式，称之为日神精神。

另一方面，又要敢于正视人生悲剧，像希腊悲剧中的英雄那样，做人生悲剧中的英雄，不把个人的生命看得太重要，轰轰烈烈地活，轰轰烈烈地死。“对待生命不妨大胆冒险一些，特别是因为好歹总得失去它。何必死守这一片泥土……”尼采认为，希腊悲剧起源于酒神祭，所以他用酒神狄奥尼索斯来命名这种悲剧的生活方式，称之为酒神精神。

要真正体验生命，
你必须站在生命之上！
为此要学会向高处攀登！
为此要学会——俯视下方！

——《生命的定律》

是的！我知道我的渊源！
饥饿如同火焰
炽燃而耗尽了我自己。
我抓住的一切都化作光辉，
我放弃的一切都变成煤：
我必是火焰无疑！

——《看哪，这人》

这种高屋建瓴地俯视自己的生命的精神，这种像火焰一样熊熊燃尽自己的精神，就是酒神式的悲剧人生观。它是贯穿尼采哲学和诗歌的基本精神。

五

无论酒神精神，还是日神精神，都旨在肯定人生，把人生艺术化，度过一个诗意的、悲壮的人生。尼采认为，在他的时代，否定人生的主要危险来自基督教及其道德。他在哲学中提出“一切价值的重估”，重点就是批判基督教道德。在诗歌中，一方面，他热情讴歌欢乐健康的生活情趣（如《在南方》《南方的音乐》《在沙漠的女儿们中间》），漂泊期间他常常在意大利的威尼斯、都灵、热那亚、墨西拿、拉巴洛和法国的尼斯等南欧城市居住，那里热烈的生活气息给了他创作的灵感；另一方面，他对基督教及其道德作了辛辣的讽刺（如《虔信者的话》《虔诚的贝帕》《致地中海北风》《新约》）。他的立足点仍然是肯定人生：

我们不愿进入天国——
尘世应当属于我们！

——《话语、譬喻和图象》56

针对基督教道德鼓吹“爱邻人”而抹杀人的个性，尼采格外强调个性的价值。他认为，一个人只有自爱、自尊、自强，有独特的个性和丰富的内心世界，才能真正造福人类。在他的哲学著作中，他一再呼吁：“成为你自己！”他的许多诗篇，如《解释》《独往独来者》《星星的道德》《最富者的贫穷》，也都是表达这一主题的。在他看来，唯有特立独行的人对他人才有宝贵的价值：

我讨厌邻人守在我的身旁，
让他去往高空和远方！
否则他如何变成星辰向我闪光？

——《邻人》

特立独行的人不理睬舆论的褒贬，批评吓不倒他，赞扬也不能使他动心：

是的，他不嫉妒：你们尊敬他的气度？
他对你们的尊敬不屑一顾；
他有一双远瞩的鹰的眼睛，
他不看你们！——他只看繁星，繁星！

——《不嫉妒》

尤其要藐视虚假的名声，甘心淡泊和寂寞：

谁终将声震人间，

必长久深自缄默；

谁终将点燃闪电，

必长久如云漂泊。

——《谁终将声震人间》

尼采把虚假的荣誉譬为“全世界通用的硬币”，并且揭示了它与伪善的道德的关系：

荣誉和道德——情投意合。

世界这样度日很久了，

它用荣誉的喧嚣

支付道德的说教——

世界靠这吵闹声度日……

——《荣誉和永恒》

尼采无疑是个人主义者。不过，他区分了两种个人主义。一种是“健康的自私”，它源于心灵的有力和丰富，强纳万物于自己，再使它们从自己退涌，作为爱的赠礼。另一种是“病态的自私”，源于心灵的贫乏，唯利是图，总想着偷窃。他主张的是前一种个人主义。所以，鲁迅称赞他是“个人主义之至雄桀者”。

六

尼采是个诗人，可是他对诗的态度是矛盾的。一方面，他认为人生不能缺少诗。个人是大自然的偶然的产品，生命的意义是个谜，人生没有诗来美化就会叫人无法忍受。"倘若人不也是诗人、猜谜者、偶然的拯救者，我如何能忍受做人！"另一方面，他又觉得诗不过是美丽的谎言，是诗人的自欺。《查拉图斯特拉如是说》里有一段话，最能表明他的这种心情：

"一切诗人都相信：谁静卧草地或幽谷，侧耳倾听，必能领悟天地间万物的奥秘。

"倘有柔情袭来，诗人必以为自然在与他们恋爱：

"她悄悄俯身他们耳畔，秘授天机，软语温存：于是他们炫耀自夸于众生之前！

"哦，天地间如许大千世界，唯有诗人与之梦魂相连！

"尤其在苍穹之上：因为众神都是诗人的譬喻，诗人的诡诈！

"真的，我们总是被诱往高处——那缥缈云乡：我们在云朵上安置我们的彩衣玩偶，然后名之神和超人：——

"所有这些神和超人，它们诚然很轻，可让这底座托住！

"唉，我是多么厌倦一切可望而不可即的东西！唉，我是多少厌倦诗人！"

他哀于生命意义之缺乏而去寻找诗，想借诗来赋予生命以意义，但他内心深处仍然认为，诗所赋予的意义是虚幻的：

不朽的东西
仅是你的譬喻！
麻烦的上帝
乃是诗人的骗局……

世界之轮常转，
目标与时推移：
怨夫称之为必然，
小丑称之为游戏……
世界之游戏粗暴，
掺混存在与幻象——
永恒之丑角
又把我们掺进这浑汤！

——《致歌德》

尼采在谈到艺术的作用时曾经说，人生本是有永恒的缺陷的，靠了艺术的美化，我们便以为自己负载着渡生成之河的不再是永恒的缺陷，倒以为自己负载着一位女神，因而自豪又天真地为她服务。在一首诗里，他换一种说法表达同一层意思：人生的导游戴着艺术的面具和面纱，俨然一位妩媚的少女。可是：

——可悲，我看见了什么？
导游卸下面具和面纱，
在队伍的最前头
稳步走着狰狞的必然。

——《思想的游戏》

试图用诗拯救人生，却又清醒地意识到诗并不可靠，这种矛盾使尼采的情感不断自我冲突，也使他的诗作充满不谐和音，优美的抒情往往突然被无情的讽刺和自嘲打断，出人意外，又发人深省。有些诗，如《诗人的天职》《韵之药》《小丑而已！诗人而已！》，通篇都是诗人的自嘲，但这种自嘲又不能看作对诗的单纯否定，而是一种悲苦曲折心情的表现。事实证明，尼采所主张的艺术人生观并不能真正战胜悲观主义，相反是以悲观主义为前提和归宿的。

七

爱情从来是诗歌的一根轴心，可是，在尼采的抒情诗里，几乎找不到爱情诗。他一生中只有一次为时五个月的不成功的恋爱，以及对李斯特的女儿、瓦格纳的夫人柯西玛的一种单相思。有人分析，《阿莉阿德尼的悲叹》一诗是他对柯西玛的爱的自供状，但这也只是后人的分析罢了。

尼采抒情诗的主旋律是友谊和孤独。他十四岁写的一个自传里说：“从童年起，我就寻求孤独，喜欢躲在无人打扰我的地方。”又说：“有真正的朋友，这是崇高的、高贵的事情，神明赐与我们同舟共济奔赴目标的朋友，意味深长地美化了我们的生活。”寻求孤独，渴望友谊，表面上相矛盾，其实不然。一颗高贵的心灵既需要自我享受，又需要有人分享。

尼采把最美好的诗句献给友谊女神。在人生之旅的开始，友谊是“人生的绚丽朝霞”，在人生之旅的终结，友谊“又将成为我们灿烂的夕照”。(《友谊颂》)他还称友谊为他的“最高希望的第一线晨曦”，即使人生荒谬而可憎，有了友谊，他“愿再一次降生”。(《致友谊》)

可是，尼采在友谊方面的遭遇并不比在爱情方面更幸运。他青年时代有两个好朋友，一个是他的大学同学洛德，另一个是大音乐家瓦格纳。但仅仅几年，因为志趣的不同或思想的分歧，都疏远了，绝交了。他走上了萍踪无定、踽踽独行的旅途，没有朋友，没有家庭，没有祖国，没有职业。也许没有人比他对孤独有更深的体味了，在他的书信中，充满对孤独的悲叹，他谈到“那种突然疯狂的时刻，寂寞的人要拥抱随便哪个人”，他诉说他的不可思议的孤单：“成年累月没有让人兴奋的事，没有一点人间气息，没有一丝一毫的爱……”然而他又讴歌孤独，给我们留下了诸如《漂泊者》《秋》《松和闪电》《孤独》《〈漂泊者和他的影子〉》《最孤独者》这样的描写孤独的名篇。这个畸零人无家可归，他站在冬日荒凉的大地上：

像一缕青烟
把寒冷的天空寻求。

——《孤独》

孤独的痛苦，在尼采笔下化作诗意的美：

此刻，白昼厌倦了白昼，
小溪又开始淙淙吟唱
把一切渴望抚慰，
天穹悬挂在黄金的蛛网里，
向每个疲倦者低语：“安息吧！”
忧郁的心呵，你为何不肯安息，
是什么刺得你双脚流血地奔逃……
你究竟期待着什么？

——《最孤独者》

在孤独中，尼采格外盼望友谊，盼望新的朋友。新的朋友终于来了，但这是他自己心造的朋友。他的孤独孕育出了查拉图斯特拉的形象：

> 朋友查拉图斯特拉来了，这客人中的客人！
> 现在世界笑了，可怕的帷幕已扯去，
> 光明与黑暗举行了婚礼……
>
> ——《自高山上》

从此以后，尼采把查拉图斯特拉当作他的知心的朋友和真正的安慰，这个形象日夜陪伴着他，使他写出了《查拉图斯特拉如是说》这部奇书，也使他写出了《酒神颂》这组狂诗。查拉图斯特拉也是《酒神颂》的主角。他不畏孤独，玩味孤独，自求充实：

> 十年以来——
> 没有一滴水降临我，
> 没有一丝沁人的风，没有一颗爱的露珠
> ——一片不雨之地……
> 我求我的智慧
> 在这干旱中不要变得吝啬：
> 自己满溢，自己降露，
> 自己做焦枯荒野上的雨！
>
> ——《最富者的贫穷》

《酒神颂》是一曲孤独的颂歌。但是，这孤独者已经处在疯狂的边缘了。一八八九年一月，尼采的朋友奥维贝克来到都灵，把精神病发作的尼采接回家乡去。途中，这个疯子竟然唱起了他的即兴歌曲，他一生中所创作的最优美和谐的抒情诗，他的幸福的绝唱：

我伫立桥头
不久前在褐色的夜里，
远处飘来歌声：
金色的雨滴
在颤动的水面上溅涌。
游艇，灯光，音乐——
醉醺醺地游荡在朦胧中……

我的心弦
被无形地拨动了，
悄悄弹奏一支贡多拉船歌，
颤栗在绚丽的欢乐前。
——你们可有谁听见？……

——《我伫立桥头》

正像在幻想中找到知心的朋友一样，他在疯狂中找到了宁静的幸福。

目 录

早年诗作 1858—1868

抒情诗

1869 — 1888

格言诗

1869 — 1888

『玩笑、诡计和复仇』——《快乐的科学》序诗

1882

无冕王子之歌

1887

酒神颂
1888

查拉图斯特拉的格言和歌 1882—1888

早　年　诗　作

1 8 5 8

|

1 8 6 8

人生是一面镜子

人生是一面镜子，
我们梦寐以求的
第一件事情就是
从中辨认出自己！！

我站在光秃秃的岩石上

我站在光秃秃的岩石上
而夜幕四合把我包围
从这寸草不长的高岗
凡躯之我眺望鲜花盛开的原野。
我看见一只山鹰在翱翔
带着幼稚的勇气
冲向金色的光亮
跃入永恒的晚霞里。

题生日

这里自然撒下最美的礼物
这里缪斯流连于森林山麓
这里湛蓝无比的天空
始终照耀常青的幽谷
这里每日每时周而复始
主的造福的全能
天父的充满爱的忠诚
给我们画出它的永恒慈容。
今天一首快乐的颂歌也这样响起
奉献给超越生死的主
你对它永怀赞美和感激
它以它的恩宠给了你一个新的年度。
祝愿幸福在其中为你盛开
而从二月的阴沉黑夜里
这一年为你喷薄而出，就像从朝霞中
旭日跃上充满喜悦的壮丽。

凡活着的必然消逝

凡活着的必然消逝，
玫瑰花必然随风飘落，
你愿有朝一日看见她
在欢乐中复活！

悠扬的晚祷钟声

悠扬的晚祷钟声
在田野上空回荡，
它想要向我表明
在这个世界之上
终究没有人找到
家乡和天伦之乐：
我们从未摆脱大地，
终究回到它的怀抱。

哦，甜蜜的林中和平

哦，甜蜜的林中和平
使我忧愁的心振奋
它在人间难觅安宁
你把它举向天穹。
我扑倒在绿草丛里
泪泉打开了
双眼朦胧，脸颊湿润
心儿明亮而单纯。
低垂的枝叶
用它们的阴影
遮蔽奄奄一息的病人
如同一座寂静的坟

我想在绿树林里死去
不！不；滚开这不祥的念头！
就在绿树林里
响起了鸟儿快乐的歌声
橡树摇晃它们的冠顶
于是刹那之间
有一些巨大的力
撼动你的棺木

于是灵魂的和平
来到你的坟墓
凡躯之你
唯有借此才能获得真正的安宁

云在金色的天穹飘移
给你换上雪白的衬衣
它们愤怒地聚拢
射下电光火龙
天公哭了
在这可爱的春天
雷声到处欢叫
一心要找到
一个渴望死亡的人
而有几滴苦涩的泪落在你身上
于是你醒了
你站起来，环顾四周，笑了

归乡

这是痛苦的日子，
当我一度离开；
心儿加倍地忧虑，
当我如今归来。
旅途怀抱的希望
毁于残酷的一击！
呵，灾难深重的时光！
呵，不祥的日子！

我久久垂泪
在父亲的坟前，
苦涩的泪水
洒在家庭墓园。
父亲珍贵的房屋
如今凄凉又沉闷，
我不禁常常逃出，
躲进阴暗的树林。

在浓郁的树阴里，
我忘掉一切不幸，
在恬静的睡梦里，

我心中恢复安宁。
玫瑰和云雀的鸣啭
显示了青春的欢畅，
橡树林为我催眠，
我在树阴下卧躺。

你们鸟儿在微风中

你们鸟儿在微风中
轻歌曼舞
问候我的尊贵的
亲爱的故土。

你们云雀随身带来了
温柔的花朵！
我用它们装饰
庄严的祖屋。

哦，你夜莺朝我
径直飞下来，
把玫瑰的蓓蕾
撒向我父亲的墓！

当钟声悠悠回响

当钟声悠悠回响，
我不禁悄悄思忖：
我们全体都滚滚
奔向永恒的家乡。
谁人在每时每刻
挣脱大地的羁勒，
唱一支家乡牧歌
赞颂天国的极乐！

废墟

黄昏的宁静像天堂
悬在峰谷的上方。
夕阳含着慈爱的微笑
投下最后的光芒。

四周的峰巅殷红闪亮
庄严而辉煌。
我仿佛看见，带着古老的威力
刻刀下跃出骑士的仪仗。

听哪！从城堡里传出
喧闹快乐的声响：
四周的森林侧耳倾听
那充满喜悦的回响。

这期间奏响了许多支歌
咏唱狩猎的欢愉、武功和酒香：
号角嘹亮；夹杂着
隆隆战鼓震天响。

这时夕阳沉没了；
欢乐的声音突然不知去向。
坟墓般的寂静和恐怖
令人不安地罩住了殿堂。

废墟如此悲哀地卧躺
在荒凉的岩石之上。
我望着它，一阵战栗
深深地击中我的心房。

无家可归

我骑骏马
无惧无怕
向远方飞奔。
见我者知我，
知我者称我——
无家可归的人。
嗨嗒嗒！
不要抛下我！
我的幸福，明亮的星辰！

谁敢斗胆
向我盘问
何处是我的家乡？
我从来不拘于
空间和匆匆光阴，
如鹰隼自由飞翔！
嗨嗒嗒！
不要抛下我！
我的幸福，迷人的五月！

我终有一死，
与死神亲吻，
可我岂能相信：
我会躺入丘坟，
不能再啜饮
生命的芳醇？
嗨嗒嗒！
不要抛下我！
我的幸福，绚丽的幻梦！

飞逝了迷人的梦

飞逝了迷人的梦
飞逝了从前的岁月
现在令人恐惧
未来迷茫遥远

我从未感觉到
人生的欢乐和幸福
回望早已消失的时辰
我心中充满悲苦

我不知道我爱什么
我的心没有归宿
我不知道我相信什么
我还活什么、为什么活?

我但求死去、死去
安眠在绿色的草地
头顶是飘移的白云,
四周是森林的孤寂。

宇宙的永恒之轮
滚动在循环之路上
地球始终自己给自己
上紧生锈的弹簧。

美啊，大气围绕着
旋转的地球飘荡
慢慢飘向各个角落，
在悬浮的大全中耗光！

美啊，把世界缠绕进
万有引力之场。
然后写一篇报道
谈论世界的周长。

我把无穷吞进
我的胃的深渊
然后用一千个理由
终于证明了世界和时间

人不是神的
合格的肖像

一天天越发艰难
……
我也按照我的天性
设想上帝的形象。

我从沉重的梦中
被沉闷的响声震醒

透过暗蓝色的夜空

孤独的我
透过暗蓝色的夜空
看见刺眼的电光
闪烁在滚滚乌云的边上。
远处孤独的云杉
挺立在薄雾笼罩的山岗。
顶上透着红色的光，
灰白的烟向树林游荡。
天边明亮，
细雨轻轻地下，
以自己的方式叙说哀伤。

在你湿润的泪眼里
停留着一瞥，
真诚而苦涩，
为你和我驱散了痛苦，
绝望的时刻和消逝的幸福
一起被唤回了。

今和昔

我心沉重，时光黯淡，
真不快活：
忧愁、苦恼和消遣
都把我拖入漩涡。
我不再能看见天，
那五月的蔚蓝：
狂暴的痛苦狞笑着
把我攻破。

我背弃了
古时遗下的训诫，
它在记忆中
唤醒童年的圣洁。
我背弃了
童年坚守的信念：
我愚弄我的心
任自己遭到抢劫。

有什么发现？废话！
唯有两眼汪汪！
泪水轻率地夺眶而出，

没有朦胧的渴望，
金色的泪滴——岂不是幻象？
它仅片刻闪光，
死亡就把有力的“不”
写满了每一行。

我是一枚旧币，
已经变绿，
脸上长了青苔，起了皱褶，
而它曾经臬美。
怀疑的皱纹纵横交错，
密布在上面，
生活的尘垢结成灰块，
积聚在周围。
谁还把他的心给我，
爱去了何方？
谁给我解渴的水，
他们都在何处躲藏？
哪里有一线明丽的阳光
会照到我身上？
谁肯接受我的残剩的
幸福、梦想和希望？

我抛掉我的颤动的心，
让它静伏，
其上翻滚着快乐、利益、
痛苦、知识、如山的重负。
莫非是自我折磨、压迫、束缚——
在这混乱的时刻，
它们碰撞，大火熊熊，烧毁了
联结的万物。

我就此又黑又密地
写了好几页纸，
可是文字很少停留在
血红的铅字里，
白底上的文字
勾勒出一个上帝：
我曾是上帝而这个白底
自欺并且把我欺。

哦，我可以逃离了，
世界令我疲惫，
像燕子飞往南方，
我走向我的坟墓：
四周是夏晚温暖的空气

和金色的光缕。
教堂顶的十字架四周
是玫瑰花香、孩子嬉闹和絮语。

于是我跪向一截朽木，
万籁俱寂：
满天薄雾似的云彩
在头顶骄傲地飘浮。
教堂的阴影笼罩着我，
淡淡的香气里
百合花摇曳轻舞，
叩问我的热烈的思绪。

哦，请安静，我的时代的异乡人，
我问候你
出自无语的孤独，
我在何处忏悔我的日子。
从我的生活之井里
泉水神圣地涌起：
我看着你，让我的渴望的心
平静地流血至死。

请允许我向你敞开

请允许我向你敞开
我的封闭的心！
你的爱的秘密力量
如此仁慈温柔地
安息在我的凄凉的
举世孤独的痛苦上，
使我涨满了
对你的渴望，
你这明丽的天国烛光！

请允许我向你倾诉，
你的灵的秘密祝福
滋润了我，
我匍匐在你脚旁，
你关爱而信任地
把我看个透，
你的神力不可抵抗。
我有福了，
我的心捶打得如此响亮。

回忆

嘴唇颤抖，眸子含笑，
可是充满责备地
图像从深深的心之黑夜升起了——
温柔的星星闪耀在我的天国之门了。
它胜利地闪耀——而嘴唇
却紧闭了——而泪水却汹涌了。

你来我往
秋波飞送闪烁的火花，
越来越阴郁了，
我的天空弯成了穹隆，因悲伤而醉，
亲爱的，啊，亲爱的，
颤抖的心破碎了。

你来我往
闪电在颤动——而嘴却沉默了。
云的收集者，哦，心的精通者，
把我们造就为成年人了！

献给陌生的神

又一次，正待继续动身
投出眺望的目光，
我孤零零举起了手掌，
举向你，我向你逃遁，
在我心灵深处为你筑起庄严的祭坛，
岁岁旦旦
你的声音在向我疾呼。

祭坛上燃着刻骨铭心的
一行字：献给陌生的神。
我属于他，尽管直到此刻
我犹负着亵渎者的恶名：
我属于他——我感觉到那个圈套
把我束缚在战斗里，
可是即使能脱逃，
我仍不得不受他驱使。

我愿认识你，陌生的神，
你牢牢俘获了我的心，
我的生命犹如一阵飘风，
不可捉摸的神，你是我的近亲！
我愿认识你，受你驱使。

抒 情 诗

1869

—

1888

歌与格言

始于节拍，终于韵脚，
始终贯穿着音乐的灵气：
这样一种神圣的吱吱
被称作歌。常言道，
歌就是：“如乐之词。”

格言有一新的天地：
它能嘲讽，跳跃，游荡，
格言从来不能歌唱，
格言就是：“无歌之思。”

可允许我把二者带给你们？

在巴塞尔我昂首挺立[*]

在巴塞尔我昂首挺立，
然而孤独——连上帝也要悲泣。
我大声呐喊：“荷马！荷马！”
使人人如负重压。
人们走向教堂和家门，
一路把这呐喊者嘲讽。

现在我不再为此忧闷，
因为最优秀的听众
倾听我的荷马演说，
始终耐心而静穆。
对这一番盛情
我报以衷心的谢忱！

/

* 一八六九年五月，尼采受聘为巴塞尔大学古典语文学教授，该诗表达的是他发表就职讲演《荷马和古典语文学》时的感想。

致忧郁

别为此责怪我，忧郁女神，
如果我削尖笔要把你颂扬，
颂扬着你，垂头躬身，
孤零零地坐在一截树墩上。
你常常看见我，特别是昨天，
在清晨的一束灼热阳光里：
兀鹰饥唤着投向山涧，
它梦见枯木桩上野兽的尸体。

你误解了，猛禽，尽管我活像
木乃伊静息在我的底座上！
你不见那眼珠，它正喜洋洋
顾盼眺望，自豪又高昂。
而当它没有跟你升上高空，
却凝神于最遥远的云的波浪，
它沉浸得如此深，在自身中
闪电似的把存在的深渊照亮。

我常常这样坐着，在无边的荒野，
难看地蜷曲，像供作牺牲的蛮人，
思念着你，忧郁女神，

一个忏悔者，哪怕在青春岁月！
我这样坐着，陶醉于兀鹰的展翅
和滚滚雪崩的如雷轰响，
你对我说话，不染人类的欺诈，
那样真诚，却带着极严酷的面相。

你，铁石心肠的庄严女神，
你，女友，你爱显现在我的身旁；
你威胁着指给我看兀鹰的爪痕
和雪崩将我毁灭的意向。
四周洋溢着咄咄逼人的杀机：
强迫自己生存，这痛苦的热望！
在僵硬的岩石堆上施展魅力，
花朵正在那里把蝴蝶梦想。

我是这一切——我颤栗着悟到——
受魅惑的蝴蝶，寂寞的花茎，
兀鹰和陡峭的冰河，
风暴的怒号——一切于你都是光荣，
你，愤怒的女神，我向你深深折腰，
垂头躬身，把可怕的颂歌哼哼，
于你只是光荣，当我不屈不挠
渴望着生存、生存、生存！

别为此责怪我，愠怒的女神，
如果我用韵律为你精心梳妆。
你靠近谁，谁就颤抖，露出惊恐的脸容，
你的怒掌触到谁，谁就震荡。
而我在这里颤抖着唱个不停，
而我在有节律的形式中震荡：
墨水在畅流，笔尖在喷涌——
现在呵女神，女神请让我——让我退场。

深夜暴雨之后

现在，你像雾幕一样，
阴郁的女神，悬挂在我的窗口。
惨白的雪花纷乱飞扬，
汹涌的溪流訇然长吼。

呵！那突然闪亮的电弧，
那桀骜不驯的雷鸣，
那山谷的瘴气，女巫，
是你在把死亡的毒液浇淋！

午夜时分，我颤栗着倾听
你的欢喊和悲号，
看炯炯怒眸，看雷霆
威严地把正义之剑拔出剑鞘。

你就这样走向我凄凉的眠床，
全副武装，刀光闪烁，
用矿石的锁链敲击寒窗，
对我喝斥："听着，我是什么！

“我是伟大的永生的亚玛孙女子*，
绝不怯弱、驯良和温柔，
我是有着大丈夫的仇恨和冷嘲的女战士，
既是女中豪杰，又是母兽！

“我足迹所到之处一片尸体，
我的眼睛喷射出愤怒的烈火，
我的头脑恶毒——现在下跪吧！祷告吧！
或者腐烂吧，蛆虫！熄灭吧，鬼火！”

/

* 亚玛孙女子，希腊神话中尚武善战的妇女族，居住在亚速海沿岸或小亚细亚。

漂泊者

一个漂泊者彻夜赶路
迈着坚定的脚步；
他的伴侣是——
绵亘的高原和弯曲的峡谷。
夜色多么美丽——
可他健步向前，不肯歇息，
不知道他的路通向哪里。

一只鸟儿彻夜唱歌；
“鸟儿呵，你这是何苦！
你何苦要阻留我的心和脚，
向我诉说甜蜜的隐衷和烦恼，
使我不得不站住，
不得不倾听——
你何苦要用歌和问候把我阻扰？”

可爱的鸟儿悄声辩护：
“不，漂泊者，我的歌并不
并不是要把你招引——
我招引的是我在高原的情人——
这与你何干？

我不能孤零零地欣赏夜的美景。
这与你何干？因为你非要匆匆夜行
而且永远永远不能停顿！
你为什么还伫立着？
我的鸣啭对你何损，
你这漂泊的人？”

可爱的鸟儿悄然思忖：
“我的鸣啭对他何损？
他为什么还伫立着？
这可怜的、可怜的漂泊的人！”

在冰河边

正午的骄阳
刚刚升上山冈，
男孩睁着疲倦的、热切的眼睛；
他喃喃谵语，
我们只好眼看着他谵语。
他急促地喘息，像病人一样喘息，
在发烧的夜里。
冰峰、冷杉和清泉
向他应答，
我们只好眼看着它们应答。
瀑布跃下巉岩，
前来问安，
陡然站住犹如颤抖的银柱，
焦急地顾盼。
冷杉像往常一样，
阴郁悲哀地伫望，
而在坚冰和僵死的长石之间
倏忽闪现亮光——
我见过这亮光，它使我想起——

死者的眼睛
回光一闪，
当他的孩子满怀忧伤
拥吻尸骸；
他僵死的眼睛
回光一闪，
射出炽热的火焰：“孩子！
孩子呵，你知道，我爱你！”

于是，一切都烧红了——
冰峰、溪流和冷杉——
它们的眼神重复着：
“我们爱你！
孩子呵，你知道，我们爱你、爱你！”

而他，
男孩睁着疲倦的、热切的眼睛，
他满怀忧伤地吻它们，热烈地吻了又吻，
依依不肯离去；
从他的嘴唇
吐出的话语细如轻丝，

那不祥的话语：
“我的问候就是告别，
我的到来就是消逝，
我年纪轻轻正在死去。”

万物都在倾听，
没有一丝呼吸；
鸟儿不再鸣啼。
山峰瑟缩颤栗，
犹如寒光一束。
万物都在沉思——
和静默——

正午
正午的骄阳
刚刚升上山冈，
男孩睁着疲倦的、热切的眼睛。

友谊颂

1

友谊女神，请垂恩下听
我们正唱着友谊之歌！
朋友的目光投向哪里，
哪里就洋溢友谊的欢乐：
幸临我们的是
那含情一瞥的曙色
和忠诚担保青春永在的神圣法则。

2

晨光已逝，而正午
用灼热的眼光折磨着头脑；
让我们隐入凉亭
在友谊的歌声里逍遥，
那人生的绚丽朝霞
又将成为我们灿烂的夕照……

秋

秋天到了，令人心碎！
飞遁！飞遁！
太阳悄悄移向山岭，
上升呵上升
一步一停顿。

世界何其凋零！
在绷紧欲断的弦上
风儿弹奏它的歌。
向逸逃的希望——
呜咽悲吟。

秋天到了，令人心碎！
飞遁！飞遁！
树上的果实呵，
你可在颤抖、坠下？
黑夜
告诉你一个怎样的秘密，
把寒栗罩在你的面颊，
那绯红的面颊？

你不肯回答？
谁在说话？

秋天到了，令人心碎！
飞遁！飞遁！
“我并不美丽，”
说话的是星形花，
“但我爱恋人类，
但我宽慰人类——
愿他们现在还能欣赏花儿，
向我折腰，
唉！把我采摘——
然后在他们眼中会点亮
那回忆，
对比我更美的花朵的回忆：
——我看着，看着——就此死去。”

秋天到了，令人心碎！
飞遁！飞遁！

人呵，倾听

人呵，倾听！
倾听深邃午夜的声音：
“我睡了，我睡了，
我从深邃的梦里苏醒：
世界是深沉的，
比白天想象的深沉。
它的痛苦是深沉的——
而快乐比忧伤更深：
痛苦说：走开！
但一切快乐都要求永恒，
要求深邃的、深邃的永恒！”

斯塔格里诺*的神圣广场

哦，少女，替小羊轻轻地
梳理着柔毛的少女，
清澈澄净的眸子里
燃着一对小火花的少女，
你是逗人喜爱的小东西，
你是人人宠爱的宝贝，
心儿多么虔诚多么甜蜜，
　　最亲爱的！

为何早早扯掉了项链？
可曾有人伤了你的心？
是你把谁怀恋，
他却对你薄情？
你缄默——但是那泪水
依依垂在你柔美的眼角边——
你缄默——宁为相思而憔悴，
　　最亲爱的！

/
* 斯塔格里诺，意大利热那亚市内一地名。

“天使号”小双桅船

人人叫我小天使——
现在是只船，往后是姑娘，
哎，永远永远是姑娘！
我那精巧小舵盘
为爱情转得多欢畅。

人人叫我小天使——
一百面小旗为我化妆，
英俊绝顶的小船长
站在舱前多神气，活像第一百零一面小旗飘扬。

人人叫我小天使——
哪里为我点燃火光，
我就驶向哪里，像只小羊，
急急忙忙把路赶：
我从来是这么一只小羊。
人人叫我小天使——
信不信由你，像只小狗，
我会吠会叫会汪汪，
口喷火焰和蒸汽，
哎，我的樱桃小嘴是魔王！

人人叫我小天使——
说话刻毒又癫狂，
吓坏了我的小情郎，
逃之夭夭无消息，
真的，他为我的恶言把命丧！

人人叫我小天使——
触礁从来不沉舟，
一根肋骨未碰伤，
可爱灵魂会禳灾！
真的，就靠那根肋骨把灾禳！

人人叫我小天使——
灵魂像只小猫咪，
一，二，三，四，五，
三跳两跳上了船——
真的，它跳舞敏捷又轻飏。

人人叫我小天使——
现在是只船，往后是姑娘，
哎，永远永远是姑娘！
我那精巧小舵盘
为爱情转得多欢畅。

少女之歌

1

昨天，姑娘，我目明耳聪，
昨天我正当青春年华——
今天我却是老态龙钟，
纵然有满头乌发。

昨天我有一个思想——
一个思想？真是讽刺和嘲弄！
你们可曾有过一个思想？
感情早已捷足先登！

女人很少敢于思考；
这是古老智慧的精粹：
“女人只应尾随，不应前导，
一旦思考，她就不再尾随。”
除此之外，我对古老智慧一概不信，
像只跳蚤又叮又蹴！
“娘儿们很少开动脑筋，
动了脑筋，她变得全无用处！”

2

古老的传统智慧
请接受我最优雅的敬礼！
如今我的崭新的智慧
听到了最新颖的真理！

昨天我的心声一如既往；
今天却听到这般妙语：
“娘儿们诚然漂亮，
男人却——更为有趣！”

致友谊

你神圣的，友谊！
我的最高希望的第一线晨曦！
呵，在我面前
仄径和黑夜仿佛无休无止，
全部的人生
似乎荒谬而又可憎！
但我愿再一次降生，
当我在你的眼中
看到曙光和胜利，
你最亲爱的女神！

“虔诚的，令人痴醉的，最亲爱的”

我爱你，墓穴！
我爱你，大理石上的谎言！
你们叫我的灵魂发噱，
自由自在地嘲贬。
可今天——我伫立涕零，
任我的眼泪流淌
在你面前，你石头中的倩影，
在你面前，你石头上的哀章。

而且——无人需要知悉——
这倩影——我将她热吻。
吻得这么彻底：
何时起人竟然吻——声音？
谁明白个中道理？
怎么？我是墓碑上的丑伶！
因为，我承认，甚至
我还吻了冗长的碑铭。

在敌人中间（根据一句吉卜赛谚语）

那边是绞架，这边是绳索
和刽子手的红胡子，
人群团团围住，眼光恶毒——
这于我的种族毫不新奇！
我经历过一百回，
冷笑着朝你们骂詈：
徒劳，徒劳，把我吊起来！
死吗？我不会死！

乞丐呵！你们终究要嫉妒，
为了你们从未得到的东西：
我诚然受苦，我诚然受苦——
可你们——你们要死，你们要死！
我死了一百回，
仍然是呼吸、光线和蒸汽——
徒劳，徒劳，把我吊起来！
死吗？我不会死！

新哥伦布

女友！——哥伦布说——
不要再相信热那亚人！
他始终凝望着碧波——
最遥远的地方已使他迷魂！

现在最陌生的世界于我最珍贵！
热那亚——是沉落了，消失了——
心，保持冷静！手，紧握舵盘！
面前是大海——可陆地呢？——可陆地呢？

我们巍然屹立！
我们义无反顾！
看哪：在远处迎候我们的
是死亡、荣誉和幸福！

词

我喜欢活生生的词：
它多么欢快地蹦跳而至，
乖乖地伸出脖子问候，
模样儿可爱又憨厚，
有血有肉，呼呼喘气，
爬向耳朵哪怕他是聋子，
蜷成一团，又扑翅欲飞，
——词这样来讨人欢喜。

可是词毕竟有一副娇躯，
时而生病时而又痊愈。
若要保住它的小生命，
你须灵巧捕捉手脚轻轻，
切勿笨重地乱触乱碰，
它甚至常常死于恶劣的眼神——
就地倒下，不成形状，
奄奄一息，悲怆凄凉，
他的小小尸体惨然变样，
听任死神恣肆猖狂。

死去的词是一件丑东西，
一个瘦骨嶙峋的咯吱——咯吱——咯吱。
呸，一切丑的手艺，
必死于自己的言语和词！

幸福

幸福，哦幸福，你最美丽的猎物！
永远可望而不可即，
永远对明天说是而对今天说不——
你的猎人于你是否都太稚气？
你其实可是罪恶的曲径幽路，
一切罪恶中
最迷人的犯罪？

致理想

我爱谁像爱你那样，迷人的幻影！
我把你招到我身旁，藏在我心中——此后
俨然我成了幻影，你有了血肉。
但因为我的眼睛桀骜不驯，
只习于观看身外之物：
于是你始终是它永恒的“异己者”。
唉，这眼睛把我置于我自己之外！

献给元月

你用火焰的枪
射碎了我心灵的冰块，
它喧哗着奔往
最高希望的大海：
愈益明朗而健康，
挚爱冲动中的自由境界——
它如此把你颂扬，
最美丽的元月！

绝望

我的心最不堪的是
与吐痰的家伙相傍！
我已起跑，可跑向哪里？
要不要纵身跳进波浪？

不断地噘起一切臭嘴，
清漱着一切喉咙，
不断地溅污墙壁和地板——
可诅咒的唾液质灵魂！

我宁愿因陋就简
像鸟儿一样居住在屋顶，
我宁愿与贼匪比肩，
在鸡鸣狗盗之辈中生存！

诅咒教养，只要它咳唾！
诅咒成打的德行！
最纯粹的灵性不能忍受
臭嘴吐出的黄金。

在朋友中（一个尾声）*

1

一同沉默很好，
更好的是一同欢笑——
头顶着丝绸般的天空，
身下是苔藓和书本，
和朋友一同开怀大笑，
还露出白齿皓皓。

我干得漂亮，我们就愿沉默；
我干得糟糕——我们就想笑，
而且干得越来越糟糕，
干得一团糟，笑得一团糟，
最后朝坟墓里一跳。
朋友！是的：可应当如此这般？
阿门！明儿见！

/

* 该诗是尼采在完成《人性的，太人性的》第 1 卷（1878）之后写下的感想。

2

不要原谅！不要宽恕！
请把心灵的自由和欢呼
给这本愚蠢的书，
给它耳朵和心，给它住处！
相信我，朋友，我的愚鲁
不会使我受罚吃苦！

我寻什么，我找什么——
一本书里能有什么？
向我身上的傻瓜致敬！
向这本傻瓜的书学习
理性如何臻于“冷静”！

朋友，可应当如此这般？
阿门！明儿见！

致哈菲兹*（祝酒词，一个饮水者的问题）

你为自己建的酒楼
　　大于任何厅馆，
你在楼中酿的美酒
　　全世界喝不完。
那从前的不死之鸟
　　客居在你家里，
那生育山峰的神鼠
　　活像是你自己！
你是全和无，是酒楼和美醇，
　　是凤凰、山峰和神鼠，
永远向你自己潜沉，
　　永远从你自己飞出——
是一切高度的下坠，
　　是一切深度的泄漏，
是一切醉者的沉醉
　　——何必、何必你自己饮酒？

/

* 哈菲兹（Hafez，1352—1389），波斯著名诗人，以歌颂爱情和美酒的抒情诗见长。

作为贞节之信徒的瓦格纳

　　这是德国的吗？
这紧张的尖叫出自德国的心脏？
这自我摧残发生在德国的躯体上？
是德国的吗，这牧师摊开的手掌？
这香烟缭绕的官能激荡？
是德国的吗，这坠落、停顿、踉跄？
这甜蜜的叮当摇晃？
这修女的偷窥，这弥撒的敲钟，
这整个误人迷醉的天堂和超天堂？……

　　这是德国的吗？
留神！你们还站在小门旁……
因为你们听见的是罗马——不见文字的罗马信仰！

孤独

乌鸦叫喊着，
成群结队地飞往城镇：
眼看要下雪了——
有家可归是多么幸运！

现在你木然站立，
反顾来程，啊，路途漫漫！
你这傻瓜何必
在入冬前向世界——逃难？

世界是一座门户，
缄默冷峭地通往无边荒沙！
谁一旦失去
你所失去的，就永远不能停下。

现在你黯然站立，
诅咒着冬日的飘流，
像一缕青烟
把寒冷的天空寻求。

鸟儿飞吧，
在沙漠上嘎嘎唱你的歌子！
你这傻瓜
快把流血的心藏进坚冰和讽刺！

乌鸦叫喊着，
成群结队地飞往城镇：
眼看要下雪了——
无家可归是多么不幸！

答复

上帝真可怜！
它以为我是恋恋不舍
德意志的温暖，
沉闷的德意志天伦之乐！

我的朋友，我之所以
滞留在这里，是为了你的理解，
为了同情你！
为了同情德意志的误解！

致瓦格纳*

你不安的渴望自由的灵魂，
对任何锁链都不能容忍，
不断得胜却倍受束缚，
越来越厌倦却更加贪心不足，
直到你把每种香膏的毒汁吸吮——
可悲呵！连你也在十字架旁下沉，
连你！连你——也终于被征服！

我面对这一幕剧伫立良久，
这里有监狱，有悲伤、怨恨和墓穴，
还有教堂的香烟在其间缭绕，
我感到陌生、恐怖而烦忧，
跳起来扔掉傻瓜的便帽，
疾步逃走！

/

* 瓦格纳（Richard Wagner，1813—1883），德国作曲家、音乐戏剧家、艺术理论家，毕生致力于歌剧的革新。尼采一度成为他的挚友，后来决裂。

南方的音乐

我的鹰替我瞭望到的，
如今都属于我——
莫非种种的希望已经破晓，
你的声音之箭射中我了，
耳朵和心灵的福乐，
似甘露从苍穹降落。

哦，不要踌躇，向着南方，
向着幸福岛，向着嬉戏的希腊女妖，
鼓起船儿炽烈的欲望——
船儿岂能找到更美丽的目标！

自高山上

呵，生命的正午！庄严的时辰！
　　呵，夏日的花园！
怀着焦躁的幸福伫立、等待、望眼欲穿——
我日夜守候着朋友们，
你们在何处？来吧！今宵今晨！

岂非为了你们，灰色的冰河上
　　今日玫瑰绽红？
溪流把你们寻访，风起云涌
争相腾上蓝色的苍茫，从飞鸟望远处把你们瞭望。

我在九重天摆下琼筵——
　　谁住得离星光
这样近，谁身在深渊最缥缈的远方？
我的王国——谁的幅员比它更宽？
我的蜂蜜——谁品尝过如此美馔？

——你们在这里，朋友！——唉，可我不是
　　你们的意中人？
你们踌躇，惊愕——呵，你们不如怨恨！
我——不再是？混淆了面孔、脚步、手势？

那么你们看我是什么——我不是？

我是另一个人？连我自己也陌生？
　　我自己的逃犯？
一个时常征服自己的角斗士？
时常同一种力量抗衡，
被胜利伤害和阻梗？

我要把寒风最凛冽的地方寻找？
　　我要学会居住
在荒无人烟的地带，与白熊为伍，
忘掉人和上帝，诅咒和祈祷？
变成一个幽灵在冰河上飘？

——昔日的朋友！看哪！现在你们黯然神伤，
　　满怀爱和惊怕！
不，走吧！别发怒！你们不能在这里安家：
在最遥远的冰和岩石的国度拓荒——
人必须是猎手，又灵巧如羚羊。

我是一个劣等猎手！——看哪，我的弓
　　绷得何其陡直！
这样的膂力天下无敌——

遭殃了！这支箭多么凶险，
就像没有箭，——射呵，射向你们的安宁……

你们转过身去？——心呵，你受尽欺凌，
　　你的希望依然顽强。
把你的门向新朋友开放！
丢开回忆！丢开旧朋！
你曾经年轻，现在——你胜于年轻！

那曾经连结我们的希望纽带——
　　谁翻阅这
爱情写下的标记，如今已褪色？
犹如羊皮纸年久脆败，
手指一触即毁坏。

不再是朋友，仅仅是——何以名之？——
　　朋友之鬼影！
它深夜叩击着心房和窗棂，
谛视着我逼问：“我们的名字？”
——唉，一个散发过玫瑰芳香的枯萎的词！

唉，想入非非的青春凭眺！
　　我渴望的人，

我引为同道和变化者的人，
他们老了，鬼迷了心窍：
唯有自我变化者才是我的同道。

呵，生命的正午！第二回青春！
　　呵，夏日的花园！
怀着焦躁的幸福伫立、等待、望眼欲穿——
我日夜守候着朋友们，崭新的朋友！来吧！
今宵今晨！

这支歌是渴望的甜蜜呼声
　　止息在唇间：
一位魔术师使朋友适时出现，
那正午的朋友——不！别问那是谁——
正午时分，有人结伴而行……

我们欢庆必定来临的共同胜利，
　　这节日中的节日。
朋友查拉图斯特拉来了，这客人中的客人！
现在世界笑了，可怕的帷幕已扯去，
光明与黑暗举行了婚礼……

雷声在天边隆隆低吼

雷声在天边隆隆低吼，
淫雨滴滴答答：
学究一早就喋喋不休，
无计堵他嘴巴。
白昼刚刚向我窗户斜瞟，
便传来祈祷声声！
没完没了地唠叨说教，
岂是万物皆虚荣！

白昼静息了

白昼静息了，幸福和光明也静息了，
正午已在远方。
还要多久，迎来那月、星、风、霜？
现在我不必久久踟蹰了，
它们已经从树上透出果实的清香。

我伫立桥头

我伫立桥头
不久前在褐色的夜里，
远处飘来歌声：
金色的雨滴
在颤动的水面上溅涌。
游艇，灯光，音乐——
醉醺醺地游荡在朦胧中……

我的心弦
被无形地拨动了，
悄悄弹奏一支贡多拉*船歌，
颤栗在绚丽的欢乐前。
——你们可有谁听见？……

/

* 贡多拉，威尼斯小船，带有鸟头形船首和船尾。

格言诗

1869

|

1888

思想的游戏

思想的游戏，你的导游
是一位妩媚的少女：
呵，你使我何等赏心悦目！
——可悲，我看见了什么？
导游卸下面具和面纱，
在队伍的最前头
稳步走着狰狞的必然。

我的门联

我住在自己的屋子里
从未摹仿他人做事，
而且——嘲笑每一个
不曾自嘲的大师。

题《人性的，太人性的》

1

自从我孕育这本书，我就受着渴念和羞耻的折磨，
直到它向你盛开瑰丽的花朵。
现在我尝到了追随那伟大者的幸福，
当他欣喜于自己金色的收获。

2

远离了索伦多*的芳馨？
只有荒芜清凉的山景？
没有重阳的温暖，没有爱情？
那么书中只有我的一部分：
我把更好的一部分呈献给了她们，
我的医生——女友和母亲。

3

女友！他竟敢夺走你对十字架的信仰，
赠你这本书：可他自己又用这书做成了一个十字架。

/
* 索伦多，意大利地名，那不勒斯海湾一城市。

松和闪电

我的生长超越了人和兽。
我言说——无人答酬。

我长得太孤独太高大了——
我等待着：我等待谁呢？

云的天国在我身边，
我等待最早的闪电。

秋日的树

你们这些蠢货干吗把我摇撼，
当我沉醉在幸福的盲目之中：
从未有更大的恐怖把我震颤，
——我的梦，我的金色的梦已不见影踪！

你们这些长着象鼻子的馋鬼，
难道人家不曾客气地让轻点儿、轻点儿拍？
我吓得赶紧扔下一碟碟
金色的果实——朝你们脑袋！

《漂泊者和他的影子》[*]（一本书）

不再返回？也不升登？
羚羊岂非亦无路程？

我就在此守候并且捕猎
眼睛和手够得着的一切！

五足宽的大地，曙光，
在我下面的是——世界、人和死亡！

第欧根尼[**]的桶

“粪便价廉物美，幸福无价可估，
所以我不坐黄金而坐我的尾骨。”

/

*《漂泊者和他的影子》，尼采一八八〇年出版的作品，为《人性的，太人性的》第二卷之一部分。

** 第欧根尼（Diogenēs，约公元前404—前323），古希腊犬儒学派哲学家，用一整套因陋就简的生活方式宣传轻视文明、回到自然状态去的主张。

《快乐的科学》*

这不是书，可以并陈于众书，
并陈于棺材和殓布！
书的猎获品是昨天，
这里面却活着一个永恒的今天。

这不是书，可以并陈于众书，
可以并陈于棺材和殓布！
这是一个意愿，这是一种许诺，
这是一次最后的桥梁爆破，
这是一阵海风，一只锚的闪光，
一片车轮滚滚，一把舵对准航向；
炮火冒白烟，重炮在吼叫，
巨怪——大海在朗笑！

物以类聚

与丑角在一起好开玩笑：
想搔痒的人容易痒痒。

*《快乐的科学》，尼采于一八八二年出版的著作。

生命的定律

1

要真正体验生命，
你必须站在生命之上！
为此要学会向高处攀登！
为此要学会——俯视下方！

2

本能借助审慎
使最高贵者高贵：
用一克自尊
制成一千克爱。

谁终将声震人间

谁终将声震人间，
必长久深自缄默；
谁终将点燃闪电，
必长久如云漂泊。

当心：有毒！

在这里谁不会笑，他就不该读，
因为他不笑，“魔鬼”就把他抓住。

隐居者的话

拥有思想？好极了！这使我成为主人，
至于制造思想——我对此隔膜得很！
谁制造思想——他就被思想拥有，
可我绝不愿意躬身伺候。

一切永恒的泉源

一切永恒的泉源
永远喷涌上升
上帝自己——他可有一个开端？
上帝自己——他是否不断新生？

决定

要有智慧，因为这使我喜悦，
而不是为了沽名钓誉。
我赞美上帝，因为上帝造世界
造得何其昏愚。

而当我走我自己的路
走得何其弯曲——
于是智者为之起步，
傻瓜却——为之止步。

一位女子害羞地问我

一位女子害羞地问我
在一片曙色里：
“你不喝酒已经飘飘然了，
喝醉酒更当如何癫痴？”

七句女人的小警句

多么漫长的时辰逃跑了，
一个男人才慢吞吞走向我们。
年龄——唉，
还有科学——也给了微弱的德行以力量。
黑衣和沉默适合于每个女人——她得聪明才懂。
我在幸福时感谢谁？上帝！
——以及我的女裁缝。
年轻时是鲜花盛开的洞穴。
年老时从里面窜出一只雌老虎。
芳名美腿，引来男人：噢，他是我的！
言简意赅——使母驴打滑的薄冰！

新约

这是神圣的祈祷书、
福音书和苦难书？
——可是上帝的通奸
耸立在它的入口处！

从前我曾经相信

从前我曾经相信，在那极乐的年华，
是女巫在宣说神谕，把特别的酒喝下：
“唉，现在它斜着身子走了！
沉沦！沉沦！世界从未这么彻底地崩塌！
罗马塌陷为野鸡和妓院，
罗马皇帝塌陷为畜牲，上帝自己——变成了犹大！”

睡衣一瞥

尽管有宽大的服装，
德国人仍把理智寻访，
可悲呵，一旦娴熟于此！
从此裹在紧身衣中，
他向他的裁缝，
向他的俾斯麦转让了——理智！

致斯宾诺莎*

倾心于“全中之一”，
对上帝的爱幸运地出于理智——
出于鞋子！三倍神圣的大地！
——然而在这爱背后
有复仇的暗火在闪烁，在吞噬，
犹太人的仇恨吞噬犹太人的上帝……
隐居者！我和你——似曾相识？

致达尔文的信徒

德国人，这些英国佬的
平庸的智力
你们也称作“哲学”？
把达尔文与歌德并提
意味着：亵渎尊严——
天才的尊严！

/
* 斯宾诺莎（Spinoza，1632—1677），荷兰哲学家，泛神论者。

保佑你们

保佑你们，正派的小商贩，
日子越过越乖顺，
头脑和膝盖越来越僵硬，
不诙谐也不兴奋，
留有余地，恪守中庸，
没有天分也没有灵魂！

叔本华 *

他的学说已经过时，
他的生命将依然挺立：
这只是因为——
他不曾向任何人屈膝

/

* 叔本华（Schopenhauer，1788—1860），德国哲学家，尼采深受其思想影响，后来又对其思想展开猛烈批评。

罗马的叹息

只有德意志，没有“条意志”*！
如今德意志气概这样要求。
只要碰上“蛮子”，它就总是如此强硬！

“真正的德国”

“呵，最卓越的伪君子民族，
我仍然忠于你，一定！”
——他说毕以最快的脚步
向国际都市挺进。

/

* “条意志”，teutsch，由“德意志”（deutsch）与“条顿”（teuton）二词拆合而成。该诗讽刺俾斯麦所推行的德国民族沙文主义政策。

每个驼背更厉害地蜷缩

每个驼背更厉害地蜷缩，
每个基督徒忙于肮脏的犹太人式交易，
法国人变得更加深刻，
德国人却——日益浅薄。

谜

替我解一个谜，谜底是一个词：
“当男人把它揭穿，
女人就把它编织——”

给假朋友

你偷窃，你的眼珠浑浊——
你仅仅偷窃一个思想吗？——不，
谁也不许如此无礼地适度！
干脆把这一把也拿去——
干脆拿走我的全部——
然后去啃食干净，你这脏猪！

勇敢些，约里克朋友[*]

勇敢些，约里克朋友！
假如你的思想折磨你，
像现在这副劲头，
就别称它为——“神”！差得远哩，
它不过是你自己的孩子，
你的血和肉，
使你烦恼不已的东西
原是你那不听话的小鬼头！
——看哪，鞭子把他一顿抽！

约里克朋友，快扔掉阴郁的哲学，
我要在你耳旁
说一句悄悄话，
告诉你一个秘方——
（这是我对付此种郁闷的办法：）
“谁爱他的‘神’，谁就管教他。”

/
* 约里克，莎士比亚名剧《哈姆莱特》中国王的小丑，哈姆莱特在墓地对着他的骷髅头发表了一通悲观的议论。

献给一切创造者

那不可分割的世界
赋予我们存在！
那永恒的阳刚之气
把我们联成一体！

波浪不停地翻卷

波浪不停地翻卷
黑夜对白日一往情深——
动听地唱着“我愿”，
更动听地唱着“我能”！

“不，多么古怪……”

“不，多么古怪！像一切傻瓜！”
——我突然耳闻一片喧哗——
“当心脑袋！”帽子已经飞掉！
诗人蹦跳，众神怒骂，
绊脚的石头，碎裂的鼻甲——
嘿，配合得真好！——实在好！

结束语

笑是一种严肃的艺术：
明天我应当更加娴熟，
告诉我，今天我做得可好？
火花是否接连从心灵冒出？
逗乐不宜使用头颅，
热情不在心中燃烧。

“玩笑、诡计和复仇”

《快乐的科学》序诗

1882

邀请

朋友，大胆品尝我的菜肴！
明天你们就会觉得味道更好，
而后天会更中意！
要是你们吃了还想吃，——那么
我的一点老花样
就为我鼓起了一点新勇气。

我的幸运

自从我厌倦了寻找，
我就学会了找到。
自从我顶了一回风，
我就处处一帆风顺。

勇往直前

你站在何处，你就深深地挖掘！
下面就是清泉！
让愚昧的家伙去怨嗟：
“最下面是——地狱！”

对话

甲：我病了？现在好了？
谁是我的医生呢？
我把这一切都忘得精光！
乙：现在我才相信你好了：
因为谁遗忘，谁就健康。

致有德者

我们的道德也要有轻盈的步履：
它应像荷马的诗那样翩翩来去！

世界的智慧

不要停在平野！
不要登上高山！
从半山上看
世界显得最美。

跟随我——跟随你自己

我的言行吸引了你，
你就跟随我，听从我？
只消忠实地听从你自己——
那么你就跟随了我——从容不迫！

我的玫瑰

当然！我的幸福——愿使人受惠，
一切幸福当然愿使人受惠！
你们想采摘我的玫瑰？

你们得弯腰曲背
躲藏在石堆和棘篱间，
久久地馋涎滴垂！

因为我的幸福——喜欢嘲诙！
因为我的幸福——喜欢谲诡！
你们想采摘我的玫瑰？

第三次蜕皮

皱缩干裂了，我的皮肤，
我心中的蛇
已经吞下这么多的泥土，
仍然焦躁饥渴。
我在乱石和草丛里爬行，
饿着肚子，逶迤匍匐，
寻觅我一向用来果腹的——
你，蛇的食物，你，泥土！

蔑视者

我打翻许多坛坛罐罐，
所以你们称我为蔑视者。
谁从满溢的酒杯痛饮，
谁就会常常打翻坛坛罐罐——
就会觉得酒并不太坏。

格言的自白

尖刻而温柔，粗略而精微，
通俗而奇特，污浊而纯粹，
傻瓜与智者的幽会：
我是这一切，我愿同时做——
鸽子、蛇和猪猡！

致一位光明之友

如果你不想使眼睛和头脑疲劳，
那就要在阴影中向太阳奔跑！

给跳舞者

平滑的冰
是善舞者的
一座乐园。

老实人

整块木头制成的敌意
胜过胶合起来的友谊!

锈

锈也很必要:单单锋利还不行!
人们会喋喋不休:“他还太年轻!”

向上

“我怎样才能最顺当地上山?”
别去思忖,只顾登攀!

强者的格言

别理会！让他们去唏嘘！
夺取吧，我请你只管夺取！

狭窄的心灵

狭窄的心灵使我厌恶：
其中没有善，甚至也没有恶。

非自愿的引诱者

他为了消磨时光而把一句空话
射向蓝天——不料一个女人从空中掉下。

权衡

双份痛苦比单份痛苦
更容易忍受：你可愿意一试？

反对狂妄

不要把自己吹得太大：
小针一刺就会使你爆炸。

男人和女人

“你钟情的女人把你掠夺！”
男人如此想；但女人并不掠夺，她偷。

解释

倘若我解释自己，我就欺骗自己：
我不能做自己的解释人。
可是谁只在属于他自己的路上攀登，
他也就负着我的形象向光明上升。

给悲观主义者的药方

你抱怨说，你万念俱灰？
朋友，老是这一套怪僻的想法？
我听见你诅咒，哭闹，唾沫喷洒——
真叫我烦躁，心碎。
跟我学，朋友！敢作敢为，
吞下一只肥硕的蛤蟆，
迅速，不要细察！
这能预防恶心反胃！

请求

我熟悉许多人的心扉，
却不知道我自己是谁！
我的眼睛离我太近——
所以我总是看不见自己。
如果我能离自己远些，
也许我对自己会更加有用。
尽管不是远如我的敌人！
最亲密的朋友已经离得太远——
他和我之间毕竟有个中点！
你们可猜到我请求什么？

漂泊者

“没有路了！四周是深渊和死样的沉寂！”
这就是你要的！叫你想入非非！
现在好了，漂泊者！清醒地看看！
你失魂落魄，现在你相信了——危险。

我的坚强

我必须跨过千级台阶，
我必须向上；而我听见你们赞叹：
“真坚强！莫非我们都是岩石出身？”
我必须跨过千级台阶，可是谁愿做石阶一层。

对初学者的安慰

看啊，这婴儿被一群咕咕叫的猪围住，
蜷曲着脚趾，绝望无助！
一筹莫展，只会啼哭——
有朝一日他会站起来走路？
不要沮丧！很快，我期许，
你们就能看到这孩子跳舞！
他一旦用双腿站住，
也将能蜻蜓倒竖。

邻人

我讨厌邻人守在我的身旁，
让他去往高空和远方！
否则他如何变成星辰向我闪光？

星星的利己主义

如果我不是围绕着自己
不断把滚圆的躯体旋转，
我如何能坚持追赶太阳
而不毁于它的熊熊烈焰？

圣徒乔装

为了我们不受你的赐福的压抑，
你在你周围布置了魔鬼的把戏、
魔鬼的诙谐和魔鬼的服装。
然而徒劳！从你的眸子里
泄露了神圣的目光！

囚徒

甲：他停下来倾听：什么使他惊惶？
他听见什么在耳畔呼呼作响？
是什么使他如此颓唐？
乙：谁曾经锁链缠身，
谁就到处听见——锁链丁当。

独往独来者

我痛恨跟随和指使。
服从吗？不！但也不——统治！
原非凶神恶煞，不能使任何人害怕，
但只有使人害怕的人才能够指使。
我尚且痛恨自己指使自己！
我喜欢像林中之鸟，海中之鱼，
沉醉于一个美好的瞬时，
在迷人的错觉中幽居沉思，
终于从远方招回家园，
把我自己引向——我自己。

塞内加*之流

他写呀写，写下许多
令人厌烦的聪明的胡话，
仿佛首先得写，
然后才能开始哲学生涯。

/

* 塞内加（Seneca，公元2—65），古罗马斯多葛派哲学家，著作极多。

冰

不错！有时我制造冰：
冰有益于消化！
要是你们吃得太饱，
消化不良，
呵，你们该多么喜欢我的冰！

少年习作

我的智慧 A 和 O
曾在此歌唱：可是我听到了什么！
这声音已不可追寻，
如今我能听到的只是
我的青春的永恒的“啊”和“哦”。

谨慎

在那个地区旅行如今很不太平；
你有精神，就得加倍小心！
人们引诱你，爱你，直到把你瓜分，
精灵蜂拥之地——始终缺少精神！

虔信者的话

上帝爱我们，因为是他把我们创造！
“人创造了上帝！”——你们精明人说道。
那么人岂不应当爱他之所造？
甚至因为是他所造而把它毁掉？
它跛行，它长着魔鬼的脚。

在夏日

汗流满面时
我们是否应吃饭?
大汗不宜进食,
这是良医的判断。
天狼星眨眼:少了什么?
它眨着火眼欲何求?
汗流满面时
我们应当饮酒!

不嫉妒

是的,他不嫉妒:你们尊敬他的气度?
他对你们的尊敬不屑一顾;
他有一双远瞩的鹰的眼睛,
他不看你们!——他只看繁星,繁星!

赫拉克利特*主义

一切人间的幸福，朋友，
都得自斗争！
是的，为了成为朋友，
须有硝烟滚滚！
朋友是这三位一体：
患难中的弟兄，
大敌当前的同志，
视死如归的自由人！

太精致者的原则

宁肯立于足尖，
胜过四肢并用！
宁肯穿过锁眼，
胜于大门畅通！

/
* 赫拉克利特（Heraclitus，约公元前530—前470），古希腊哲学家，有丰富的辩证法思想，尼采视为自己的思想先驱。

规劝

你一心向往荣誉？
那么记取这一教训：
要常常自由自在地放弃
世俗的名声！

追根究底者

我是一个研究者？省下这个词吧！
我不过是太重了——有好多磅！
我不断地落下，落下，
终于落到了根底上！

疲惫者的判断

一切疲惫者都诅咒太阳，
认为树的价值只在——荫凉。

反正要来

“我今天来，因为今天适逢其时”——
每个反正要来的人如此寻思。
舆论却向他搬是弄非：
“你来得太早！你来得太迟！”

降落

“现在他降了，落了”——你们一再嘲笑；
真相是：他升上去向你们垂照！

他的过度的幸福是他的苦难，
他的满溢的光明流向你们的黑暗。

反对法则

今日起一只怀表系着羊毛绳子
挂在我的脖子：
今日起日月星辰不动，
公鸡不啼，树荫不见影踪，
一向为我报时的东西
如今又哑又聋又瞎——
大自然一片沉寂，
唯有法则和钟表在嘀嗒。

智者的话

远离众生，也造福众生，
我走着我的路，时而阳光灿烂，时而乌云密布——
却始终在众生的头顶！

丢了脑袋

她现在有了灵魂——如何得到的？
一个男人最近为她丢了魂。
他的脑袋在这番消遣之前那么博学：
如今却奔向魔鬼——不！不！奔向女人！

虔诚的愿望

“一切钥匙都难免
突然失踪，
但愿在每一个锁眼
将万能钥匙扭动！”
每一个万能钥匙式的人
一着急就这样思忖。

用脚写字

我不单单用手写字，
脚也总想参与其事。
它坚定、灵巧、勇敢地奔驰，
时而在田野，时而在白纸。

《人性的，太人性的》

回首往日，你忧伤困窘，
憧憬未来，你满怀自信：
鸟儿呵，我该把你算作鹰隼？
你可是密涅瓦*的宠儿猫头鹰？

/

* 密涅瓦，罗马神话中的智慧女神，相当于希腊神话中的雅典娜，猫头鹰是她的圣鸟。

给我的读者

一口好牙和一个强健的胃——
便是我对你的期待！
只要你受得了我的书，
我们就一定合得来！

现实主义画家

“完全忠实于自然！”——可他如何着手，
自然何尝纳入图画？
世界最小部分也是无限的！——
最后他画他所喜欢的。
他喜欢什么？便是他会画的！

诗人的虚荣

只要给我胶水：因为我已找到
用来胶合的木条！
在四个无意义的韵脚里
放进意义——岂不值得自豪！

笔尖乱涂

笔尖乱涂真是地狱！
难道我注定要乱涂？
我毅然抓起一桶墨水，
用滔滔的墨水疾书。
啊，浩浩荡荡，波澜壮阔！
我干得多么漂亮，马到功成！
虽然这作品仍有待解说——
究竟何为？谁读我的鸿文？

挑剔的口味

假如让我自由地挑选，
我就在天堂的正中间
挑一小块地皮：
更好的是——在天堂的门前！

弯曲的鼻子

鼻子倔强地盯望
地面，鼻孔鼓胀——
所以你，无角的犀科，
我的骄傲的小人，总是朝前倾斜！
而这两样东西总是连在一起：
直的骄傲，弯的鼻子。

看哪，这人

是的！我知道我的渊源！
饥饿如同火焰
炽燃而耗尽了我自己。
我抓住的一切都化作光辉，
我放弃的一切都变成煤：
我必是火焰无疑！

怀疑论者的话

你生涯半度，
时针移动，你的心儿在颤栗！
它久久地徘徊踱步，
寻而未得——它在此犹疑？

你生涯半度：
唯有痛苦和谬误，小时逼小时！
你究竟寻找什么？何苦？
我正寻找——根底的根底！

更高的人

向上攀登的人——理应受赞扬！
然而他随时都在下降！
远离赞扬而生活的人
却真正在天上。

星星的道德

命定要走上你的轨道。
星星呵，黑暗为何把你笼罩？

你的光轮幸福地穿越时间，
岁月的苦难于你隔膜而遥远！

你的光辉属于最遥远的世界：
怜悯在你应是一种罪孽！

只有一个命令适用于你：纯洁！

无冕王子之歌

1 8 8 7

致歌德

不朽的东西
仅是你的譬喻！
麻烦的上帝
乃是诗人的骗局……

世界之轮常转，
目标与时推移：
怨夫称之为必然，
小丑称之为游戏……
世界之游戏粗暴，
掺混存在与幻象——
永恒之丑角
又把我们掺进这浑汤！

诗人的天职

不久前，为了乘凉，
我坐在浓郁的树荫下，
听见一种轻微而纤巧的声响，
一板一眼地，嘀嗒，嘀嗒。
我生气了，脸色阴沉——
但终于又让步，
甚至像一个诗人，
自己也随着嘀嗒声嘀咕。

当我诗兴正高
音节一个跟着一个往外蹦，
突然憋不住大笑，
笑了整整一刻钟。你是一个诗人？你是一个诗人？
你的头脑出了毛病？
——“是的，先生，您是一个诗人，”
啄木鸟把肩一耸。

我在丛林里期待何人？
我这强盗究竟把谁伏击？
一句格言？一个形象？嗖的一声
我的韵儿扑向她的背脊。
那稍纵即逝和活蹦乱跳的，诗人
当即一箭射落，收进诗中。
——“是的，先生，您是一个诗人，”
啄木鸟把肩一耸。

我是说，韵律可像箭矢？
当箭头命中要害
射进遇难者娇小的躯体，
她怎样挣扎、颤动、震骇！
唉，她死了，可怜的小精灵，
或者醉汉似的跌跌冲冲。
——“是的，先生，您是一个诗人，”
啄木鸟把肩一耸。

歪歪扭扭的急就的短句，
醉醺醺的词，如何挤挤攘攘！
直到它们列队成序
挂在“嘀嗒——嘀嗒”的链条上。
现在乌合的暴民
高兴了？而诗人却——患了病？
——“是的，先生，您是一个诗人，”
啄木鸟把肩一耸。

鸟儿，你在倾听？你想开玩笑？
我的头脑既已一塌糊涂，
要是我的心情更加不妙？
惊恐吧，惊恐于我的愤怒！——
然而诗人——他在愤怒中
仍然拙劣而合式地编织诗韵。
——“是的，先生，您是一个诗人，”
啄木鸟把肩一耸。

爱情的表白（但诗人在这里掉进了陷坑——）

哦，奇迹！他还在飞？
他上升，而他的翅膀静止不动？
究竟是什么把他托起？
如今什么是他的目标、牵引力和缰绳？

就像星星和永恒
他如今住在远离人生的高处，
甚至怜悯那嫉恨——
高高飞翔，谁说他只在飘浮！

哦，信天翁！
永恒的冲动把我推向高空。
我想念你：为此
泪水长流——是的，我爱你！

在南方

我悬躺在弯弯的树枝上，
摇我的疲倦入眠。
一只鸟儿邀请我做客，
我在它的巢里静歇休养。
我身在何处？呵，遥远，遥远！

白茫茫的大海静静安眠，
一叶红帆在海面停泊。
岩石，无花果树，尖塔和港湾，
一声羊咩，举目田园——
无邪的南方呵，请收下我！
按部就班——这不是生活，
老是齐步走未免德国气和笨拙。
我愿乘长风直上云端，
学鸟儿共翔寥廓——
漂洋过海，飞向南国。

理性！讨厌的日常活动！
太匆忙地把我们送到目的地！
在飞翔中我明白，过去我受了愚弄，
我终于感到勇气、热血和活力
向往着新的生活，新的游戏……

悄悄独思我称之为聪慧，
凄凄独歌却是——愚昧！
所以，一支歌儿要倾听你们的赞美，
使你们静静团坐在我周围，
渺渺众小雀，各居各位！

如此幼稚，荒唐，鬼使神差，
仿佛你们生来就为谈情说爱
和种种甜美的玩艺？
在北方——我吞吞吐吐地坦白
我爱过一个妇人，老得让人惊骇，
老妇的芳名叫“真理”……

虔诚的贝帕

只要我还长得俊，
不妨做虔诚的教徒。
谁不知上帝爱女人，
也爱娇美的肌肤。
上帝一定肯原谅
那可怜见儿的修道士，
他像许多修道士一样
老想和我待在一起。

决不是白发的神父！
不，他年轻而且总很鲜艳，
对那老公猫不屑一顾，
总是满怀嫉妒和情焰。
我不爱老翁苍发，
他不爱老妇衰颜：
上帝的英明筹划
真是妙不可言！
教堂懂得人生，
它检查灵魂和脸蛋。
一向对我宽容——
当然，谁不对我另眼看待！

人们低声嗫嚅，
下跪，散去，
然后用新的罪过
把旧罪一笔抹去。

赞美尘世的上帝，
他爱漂亮的少女，
喜欢如此替自己
卸除心灵的重负。
只要我还长得俊，
不妨做虔诚的教徒。
一旦年老色衰，
魔鬼会把我迎娶！

神秘的小舟

昨夜，万物沉入了梦乡，
几乎没有一丝风
带着莫名的叹息掠过街巷，
枕头却不让我安宁，
还有罂粟，还有那一向
催人深眠的——坦荡的良心。

我终于打消睡觉的念头，
疾步奔向海滩
月色皎洁柔和，
在温暖的沙滩。
我遇见一个男人和一只小船，
这牧人和羊都睡意正稠——
小船瞌睡地碰击着海岸。

一个钟点，又一个钟点，
也许过了一年？突然
我的感觉和思想
沉入无何有之乡，
一个没有栅栏的深渊
裂开大口——大限临头！

——黎明来临，漆黑的深渊上
停着一只小船，静悄悄，静悄悄……
发生了什么？一声呼唤，呼唤
此起彼伏：有过什么？血吗？
什么也没发生！我们在安眠，安眠着
万物——哦，睡吧！睡吧！

一个渎神的牧羊人的歌

我躺在这里，病入膏肓，
臭虫正把我叮咬。
而那边依然人语灯光！
我听见，他们纵情欢跳……

她答应这个时候
来同我幽会。
我等着，像一条狗——
可是毫无动静。

诺言岂非十字架？
她怎能说谎？
——也许她见谁跟谁，
就像我的山羊？

霓裳仙裾今在何方？
何处是我的骄傲？
莫非还有别的公羊
在这株树旁安家？

——恋爱时的久等
真使人烦乱怨恨！
就这样，沉闷的夜间
花园里长出了毒蕈。
爱情使我憔悴，犹如经历七灾八病，
我全然不思饮食，
你们去活吧，洋葱！

月亮沉入大海。
众星已疲倦，
天色渐白——
但愿我已长眠。

这些模糊不清的灵魂

这些模糊不清的灵魂
使我深深厌恶，
他们的一切荣誉是酷刑，
他们的一切赞扬是自寻烦恼和耻辱。

由于我不把他们的绳子
牵引过时代，
他们向我投来恶毒而谄媚的注视
和绝望的忌猜。

他们一心想责骂
和嘲笑我！
这些眼睛的徒劳搜查
在我身上必将永远一无所获。

绝望中的傻瓜

呵！我写了些什么在桌子和墙壁上，
用傻瓜的心和傻瓜的手，
以为这样能为它们化妆？

你们却说：“傻瓜的手涂鸦——
应该把桌子和墙壁彻底洗刷，
直到一丝痕迹也不留下！”

请允许我一起动手——
我也会使用海绵和扫帚，
像批评家，像清洁工。
好吧，一旦干完这件活，
我倒要看看你们，过分聪明的人，
用你们的聪明给墙壁和桌子涂什么……

韵之药（或：病诗人如何自慰）

从你的唇间，
你垂着口涎的时间女妖，
慢慢滴着一个又一个钟点。
我的全部憎恶徒劳地喊叫：
“诅咒呵，诅咒‘永恒’的
这咽喉窄道！”

世界原是矿石：
一座灼热的金牛星——它听而不闻。
痛苦的锋利刀刃扎遍了
我的全身：
“世界没有心灵，
为此埋怨它实在愚蠢！”

倾泻全部罂粟，
倾泻吧，热病！让我的头脑中毒！
你已经把我的手和额头试了很久。
你问什么？什么？“给怎样的——报酬？”
——哈！诅咒娼妇
和她的忽悠！

不！回来！
外面太冷，我听见在下雨——
我对你应该更温情脉脉？
——拿吧！这里是黄金：多么光彩夺目！
你名叫“幸福”吗？
你，热病，受到了祝福？

门骤然砰砰！
雨向我的眠床浇淋！
风吹灯灭，——祸不单行！
——谁此刻没有一百粒韵，
我打赌，打赌，
他会丧命！

“我多么幸福！”

我又见到了圣马可的白鸽：
静悄悄的广场上，光阴在昼眠。
我在宜人的绿阴凉里，悠闲地把一支支歌
像鸽群一样放上蓝天——
　　又把它们招回，
往羽毛上挂一个韵儿
——我多么幸福！我多么幸福！

你宁静的天穹，闪着蓝色的光华，
像丝绸罩在五颜六色的房屋上空飘动，
我对你（我说什么？）又爱，又妒，又怕……
但愿我真的迷醉于你的心魂！
　　可要把它归还？
不，你的眼睛是神奇的草地，供我安息！
——我多么幸福！我多么幸福！

庄严的钟楼，你带着怎样狮子般的渴望
胜利地冲向天空，经历了何等艰辛！
你的深沉钟声在广场上回荡——
用法语说，你可是广场的“重音”？
　　我像你一样流连忘返，
我知道是出于怎样丝绸般柔软的强制……
——我多么幸福！我多么幸福！

稍待，稍待，音乐！先让绿荫变浓，
让它伸展入褐色温暖的夜晚！
白天奏鸣是太早了，
黄金的饰物尚未在玫瑰的华美中闪烁，
　　我又勾留了许多日子，
为了吟诗、漫游和悄悄独语
——我多么幸福！我多么幸福！

向着新的海洋

我愿意——向你投身；
从此我满怀信心和勇气。
大海敞开着，我的热那亚人
把船儿驱入一片蔚蓝里。

万物闪着常新的光华，
在空间和时间上面午睡沉沉——
唯有你的眼睛——大得可怕
盯视着我，永恒！

锡尔斯–玛丽亚*

我坐在这里，等着，等着——然而无所等，
在善恶的彼岸，时而享受光明，
时而享受阴影。一切只是嬉玩，
只有湖泊，正午，无目的的时间。

那里，突然闪现女友！相结为伴——
而查拉图斯特拉走过我的面前……

/

* 锡尔斯–玛丽亚（Sils–Maria），瑞士小镇，位于阿尔卑斯山麓，尼采常在这里度夏。

致地中海北风——一支舞歌

地中海北风，你是乌云的猎户，
忧愁的刺客，天庭的清道夫，
咆哮者，我对你多么倾心！
我们岂非永远是
同一母腹的头生子，
同一运数的命定？

沿着这平滑的石路，
我向你奔来，跳着舞，
犹如和着你的呼啸与歌唱：
你无须舟楫，
是自由最不羁的兄弟，
扫过狂野的海洋。

刚醒来，我听见你的召唤，
就冲向石阶陡岸，
登上海边的黄色峭壁。
呵！你已经光芒四射，
像一条湍急的钻石之河
从群峰凯旋而至。

在辽阔的天上谷坪，
我看见你的骏马驰骋，
看见你乘坐的车骑，
看见你手臂高悬，
当你闪电般地扬鞭
抽打着马的背脊——

我看见你从车骑上跃起，
飞快地翻身下地，
看见你似乎缩短成一支箭
垂直地冲向深渊——
犹如一束金色的光焰
把第一抹朝霞的玫瑰丛刺穿。

现在你舞蹈于一千座背脊，
波浪的背脊，波浪的诡计——
幸福呵，创造新舞蹈的俊杰！
我们按一千种曲调跳舞，
自由——是我们的艺术，
快乐——是我们的科学！

我们从每种花木摘取
一朵花做成我们的荣誉，
再加两片叶子做成花环！
我们像行吟诗人一样舞蹈——
在圣徒和娼妓之间，
在上帝和世界之间！

谁不能随风起舞，
谁就必定被绷带缠住，
不得动弹，又老又残，
谁是平庸的伪善者，
名誉的蠢物，道德的笨鹅，
谁就滚出我们的乐园！

我们扬起满街的灰尘
扑向一切病人的鼻孔，
我们吓跑患病的鸡群！
我们让一切海滨
摆脱干瘪乳房的浮肿，
摆脱怯懦的眼睛！

我们驱逐搅浑天空的人，
抹黑世界的人，偷运乌云的人，
我们使天国光耀！
我们呼啸着……哦，和你
自由的精灵在一起，
我的幸福风暴似的呼啸——

——这幸福有永恒的纪念，
请接受它的遗赠，
一并带走这里的花环！
把它抛掷得更高，更远，
把这座天梯往上卷，
悬挂在星星的边缘！

酒　神　颂

1　8　8　8

小丑而已！诗人而已！

在傍晚的清气里，
当露水的安慰
倾洒到大地，
无形又无声
——因为露水像一切温柔的天使
步履儿轻细——
那时你想起，你想起，炽热的心呵，
你曾经怎样地渴望，
焦躁而疲惫地渴望
天上的泪和甘露，
当时，在枯黄的草径上，
夕阳恶毒的眼光，
它那幸灾乐祸的炯炯火眼，
透过黝黑的树丛向你刺来。

“真理的追求者就是你吗？”它讥讽道，
不！一个诗人而已！
一头野兽，一头狡猾、强横、偷偷摸摸的野兽，
必须撒谎，
必须自觉自愿地撒谎，
贪图着猎物，

戴着五颜六色的面具，
自己做自己的面具，
自己做自己的猎物，
这是真理的追求者吗？……
小丑而已！诗人而已！
只有花巧的东西在言语，
在小丑的面具下花言巧语，
跳踉于骗人的文字之桥，
跳踉于谎言之虹，
在虚幻的天空中
到处游荡着潜行着——
小丑而已！诗人而已！……

这是真理的追求者吗？……
不是沉静、坚硬、平滑、冷峭，
成为一尊石像，
一尊神的石像，
不是屹立在庙宇前，
担任神的守卫：
不！与这道德的雕像相反，
在野地比在庙宇更加自在，
洋溢着猫儿的恣肆，
从随便哪扇窗子跳出，

嗖！投入随便哪种嬉戏，
向每片荒林窥测，
你就这样在荒林里
与色彩斑驳的猛兽为伍，
矫健、优美、五彩缤纷地迅跑，
伸着贪婪的兽唇，
喜气洋洋地嘲讽、作恶、嗜血，
一边掠夺、矫饰、谎骗一边迅跑……

或者如同苍鹰，久久地，
久久地凝视着深渊，
它自己的深渊……
——哦，这深渊如何向下，
向里，向底部，
卷曲成越来越深的深度！
然后，
突然地，
双翼笔直
闪电一般
朝羔羊冲击，
陡然直下，贪婪地，
渴望饥餐羔羊，
憎恶一切羔羊的灵魂，

尤其憎恶一切那样的眼神，
道学，驯服，游移，
愚蠢，带着绵羊的温良柔顺……
就这样
似鹰，似豹——
诗人的渴望，
藏在千张面具后的你的渴望，
你这小丑！你这诗人！
你觉得对人类来说
上帝就如同绵羊——
把人类中的上帝
如同人类中的绵羊一样撕碎，
一边撕一边大笑——

你的幸福
是鹰和豹的幸福，
是诗人和小丑的幸福！

在傍晚的清气里，
当幽绿的月镰
怀着妒恨
在紫霞里潜行，
——与白昼为敌，

一步步偷偷侵割
天上的蔷薇花冠，
直到它们沉落了，
惨然沉落在黑夜里：

从前我也这样地沉落了，
辞别我的真理的幻想，
辞别我的白昼的渴望，
白昼的光芒使我倦怠憔悴，
——我向下、向夜晚、向阴影沉落了，
那唯一的真理
曾把我烧得焦枯，
——你还记得吗，记得吗，炽热的心呵，
那时你怎样地渴望？
我就这样从一切真理那里
被放逐了！
小丑而已！诗人而已！

在沙漠的女儿们中间

1

“别走开！”自称查拉图斯特拉的影子的漂泊者说，“陪伴着我们，要不古老阴暗的忧郁又会侵袭我们。

“那老魔术师已经把他最坏最好的都给了我们，看哪，那善良虔诚的教皇眼中噙泪，也重又荡舟在苦海上。

“这些王者当着我们的面仍想装得和颜悦色：然而只要没有证人，我料定他们又会开始恶作剧。

“浮游的云的恶作剧，阴郁的心的恶作剧，遮蔽的天空的恶作剧，被窃的太阳的恶作剧，萧瑟的秋风的恶作剧。

“我们的凄厉呼号的恶作剧：陪伴着我们，查拉图斯特拉！这里有许多渴望倾诉的隐秘的痛苦，许多傍晚，许多云翳，许多阴霉的空气！

“你用强劲的食物和铿锵的格言养育我们：不要

让柔弱的心灵做我们的最后一道菜！

“唯有你使你周围的空气凝重清澄！在大地上我可曾觅到过如同你洞穴中一样美好的空气？

“我诚然见过各种各样的土地，我的鼻子诚然习于鉴别估价各种各样的空气：可是在你这里，我的鼻孔享受了它们最大的快乐！

“除非——，除非——，哦，请允许我作一段往昔的回忆，请允许我唱一支往昔的终餐歌，那是我从前在沙漠的女儿们中间创作的。

“在她们那里，有同样美好爽朗的东方的空气；在那里，我距阴郁沉闷的古老欧洲最远！

“那时我爱上了这样的东方少女，爱上了不染一丝云翳和思虑的蓝天。

“你们不会相信，不跳舞时，她们坐在那里多么乖，多么沉静，无思无虑，像小巧的秘密，像系着缎带的谜，像餐桌上的坚果——

"真是绚丽奇特！却并无云影：诱人来猜的谜。那时我为讨这些少女的欢心，给她们编了一支终餐歌。"

自称查拉图斯特拉的影子的漂泊者如此说；不等应答，他已经手抚老魔术师的竖琴，双腿盘曲，宁静睿智地一瞥四周——他缓缓地诧异地深吸一口气，就像一个在新的田野上品尝新鲜空气的人。最后他长啸一声开始吟唱。

2

沙漠在生长：怀着沙漠的人痛苦了……

3

嘿！
壮观！
好一个庄严的开端！
阿非利加式的壮观！
够得上一头猛狮
或一只道德地吼叫的猿猴……
——但对你们却一钱不值，
你们最亲爱的女伴呵，
我，一个欧洲人，

在棕榈树下，
幸运地坐在你们的足踝边。细拉。

真是奇迹！
如今我坐在这里，
沙漠近在眼前，
沙漠又远在天边，
在虚无中仍然遭到毁灭：
因为我被这小小绿洲
吞咽了
——它豁然张开
玲珑小嘴，
天下最芬芳的小嘴：
我跌落进去，
下坠，穿越——来到你们中间，
你们最亲爱的女伴呵！细拉。

赞美呵，赞美这条鲸鱼，
因为它对它的客人
如此殷勤周到！——你们可明白
我这深奥的隐喻？……
赞美鲸鱼的肚子，
因为它是一个

如此美妙的世外桃源。
但我对它心存怀疑，
因为我来自欧洲，
她比普天下的妻子更猜忌。
愿上帝开导她！
阿门。

如今我坐在这里，
在这小小绿洲上，
像一枚枣，
褐色，甜透了，流着金汁，
渴望少女丰满的芳唇，
但更渴望少女的
冰凉、雪白、尖利的
皓齿：因为一切灼热的枣
都怀着这衷心的渴望。细拉。

与这些南方的水果
多么、多么地相像，
我躺在这里，
细小的飞虫，
还有更细小的
更愚蠢、更邪恶的

愿望和思绪，
围着我舞蹈，嬉戏，
你们也把我团团围住，
你们沉静的、充满预感的
牝猫一样的少女
杜杜和苏累卡
——你们是我的斯芬克司之谜，在一个词里
我装进了无数感觉
（——上帝饶恕我
这不讲语法的罪过！……）
——我坐在这里，吞饮着最美好的空气，
真是天国的仙气，
轻盈而透亮，金光闪闪，
这纯和之气呵，
必定降自明月，
出于偶然，
或者出于一时的狂放，
如古代诗人所云？
但我对它心存怀疑，
因为我
来自欧洲，
她比普天下的妻子更猜忌。
愿上帝开导她！

阿门。

吞饮着最甘美的空气，
我张大鼻孔如满斟的酒杯，
不复憧憬，不复回忆，
我坐在这里，你们
最亲爱的女伴呵，
我凝望着那棕榈树，
看她像一位舞姬，
摇颤丰臀，柔曲腰肢，
——看着，看着，人也不由自主地舞起来了……
我觉得，她岂非像一位舞姬，
太长久、过于长久地
总是、总是单腿伫立？
——我觉得，她岂非忘记了
另一条秀腿？至少我曾枉然地
寻找下落不明的
孪生的宝贝儿
——那另一条秀腿——
在她娇羞无比的
云谲波诡的裙裾下面，
那神圣的一角。
是的，你们美丽的女伴呵，

你们相信我吧：
她已经把它丢失……
噢！噢！噢！噢！噢！
它已经失落了，
永远地失落了，
那另一条秀腿！
可惜呵，多么迷人的另一条秀腿！
它会在哪里停留，独自哀伤，
这条孤零零的腿？
也许正恐怖地
面对着一头金色鬈毛的
发怒的狮子？
或者竟已经被撕裂，啃食干净了——
悲惨呵！唉！唉！被啃食干净了！细拉。

呵，不要在我面前哭泣，
柔弱的心！
不要在我面前哭泣，你们
枣样的心！乳酪样的胸！
你们装着甘草的心灵的
小香袋！
做一个男子汉，苏累卡！勇敢些！勇敢些！
不要再哭泣了，

苍白的杜杜！
——也许在这里
应当有一些
使人坚强的、使心灵坚强的东西？
一句涂了圣油的格言？
一种庄重的鼓励？
嘿！
上来吧，尊严！
吹吧，一个劲儿吹吧，
道德的风箱！
嘿！
又一次吼叫了，
道德地吼叫了，
像道德的狮子在沙漠的女儿面前那样吼叫了！
——因为道德的吼声，
最亲爱的少女呵，
超过全部的欧洲人的热情，欧洲人的渴望！
而我站在这里，
作为欧洲人，
我别无所长，上帝保佑我！
阿门！

4

沙漠在生长：怀着沙漠的人痛苦了！
岩石磨砺着岩石，沙漠吞咽着，哽塞了，
狰狞的死亡喷射着褐焰觅寻，
他咀嚼着，他的咀嚼就是他的生命……

人呵，别忘记肉欲在燃烧：
你是岩石，沙漠，你是死亡……

最后的意愿

这样死去，
就像我曾经目睹的友人的死——
他把闪电和目光
神奇地投向我的阴郁的青春：
恣肆而深沉，
战场上的一位舞蹈家——

战士中最快活的，
胜利者中最沉重的，
在他的命运之上树立一个命运，
坚强，深思，审慎——

为他的胜利而颤栗着，
为他胜利时的阵亡而欢呼着——

他死去时犹在指挥
——他指挥人们去毁坏……
这样死去，
就像我曾经目睹的他的死：
胜利着，毁坏着……

在猛禽中

谁要由此下去，
一眨眼
就会被深渊吞咽！
——可是，查拉图斯特拉，
你仍然喜爱深渊吗，
像那棵冷杉？

它扎根的地方，
连岩石往下看一眼
也要心惊胆颤，
它踌躇于深渊之上，
周围的一切
都摇摇欲坠：
荒凉的乱石和急泻的飞湍
焦躁不安，
而它忍耐着，坚强，沉默，
孤寂……

孤寂！
有谁敢
来这里做客，
做你的客人？

也许有一只猛禽：
它悬挂在
这坚忍者的毛发上，
幸灾乐祸地
发出疯狂的大笑，
一种猛禽的大笑……

如此坚忍何所图？
——他残酷地嘲笑：
爱深渊者必须有翅膀，
岂能总是悬挂着，
像你这样，无依无靠！

呵，查拉图斯特拉，
被嘲弄的健儿！
捕猎上帝的青年猎手，
扑打一切德行的网罟，
射向罪恶的箭镞！

如今——

你所猎获的

你自己的猎物

也要把你损污……

如今——

你孤独了，

困惑于自己的知识，

在一百面镜子之前

面目全非，

在一百种记忆之间

迷离失措，

倦怠于每个伤口，

瑟缩于每股寒流，

被自己的绳索勒紧咽喉，

自知者！

自绞者！

你何苦把自己捆缚于

你的智慧之绳？

你何苦把自己诱往

那古老的蛇的乐园？

你何苦悄悄潜入

你自身中——你自身中？

如今成了一个病人，

因蛇的毒液致病；
如今成了一名囚徒，
拖着悲苦的命运：
在自己的矿井里
伛偻服役，
自己开凿自己，
自己挖掘自己，
笨拙，
僵硬，
一具尸体——
肩负一千副重担，
不堪忍受自己，
一个认识者！
一个自知者！
智慧的查拉图斯特拉！

你寻找最重的重负：
于是你找到了自己——
你不能摆脱你自己……

蹲伏着，
蜷缩着，
一个不复直立的人！

你和你的坟墓连合生长，
畸形的灵魂！
而不久前你还如此骄傲，
站在你的骄傲的高跷之上！
不久前你还是目无上帝的隐士，
与魔鬼相对成二人，
狂放不羁的猩红色王子！
如今——
在两个虚无之间
被扭曲了，
一个问号，
一个疲惫的谜，
猛禽眼中的一个谜……

——它要“猜破”你，
它渴望着“猜破”你，
它围着你，它的谜，扑闪着翅膀，
围着你，绞刑犯！
呵，查拉图斯特拉！
自知者！
自绞者！

火的标记

这里，海水间伸展着岛屿，
陡然高耸起一座祭坛，
这里，漆黑的天空下，
查拉图斯特拉点燃了他的火炬——
为迷途舟子树一航标，
为饱学之士树一问号……

这火焰有着灰白的肚子
——向寒冷的远方闪动它的贪欲，
向愈来愈纯净的高空弯曲它的颈子——
一条蛇焦躁地笔直站立：
我为自己树立这样的标记。

我的灵魂就是这火焰：
贪婪地向新的远方
冉冉升腾起它隐秘的情恋。
查拉图斯特拉为何要躲开兽和人？
他为何突然逃离一切坚固的海岸？
曾经领略过六重孤寂——
但大海对他也不够寂寞，
海岛任他登攀，他在山顶化作火焰，

向着第七重孤寂
他现在高高甩出钓竿去试探。

迷途的舟子！古老星星的碎片！
未来的海洋！未经探测的蓝天！
现在我向你们，一切孤寂的所在，甩出钓竿：
请回答急不可耐的火焰，
请替我，高山上的垂钓者，
捕捉我的最后的第七重孤寂！

日落

1

你不用长久地焦渴了，
　　燃烧的心！
这许诺在空气里，
从陌生的嘴向我频吹，
　　——大凉爽正在来临……

我正午的烈日犹当空：
欢迎你们，正在来临的，
　　阵阵劲风，
午后清凉的灵魂！

空气神奇而洁净地流逝。
黑夜岂非用斜睨的
　　媚眼
把我勾引了？……

坚强些，我的勇敢的心！
无须问：为了底事？

2

我的生命的日子！
太阳西沉。
平坦的水面
　　镀了一层金。
岩石暖融融：
　　也许正午时分
幸福曾在上面打盹？
　　如今翠光摇曳，
幸福仍在棕黄的深渊上戏弄。

我的生命的日子！
黄昏降临。
你半闭的眸子
　　已经灼红，
你露水的泪珠
　　已经晶莹，
你的爱情的紫霞，
你迟来的临终福乐
已在白茫茫的海上静静移动……

3

来吧，金色的欢乐！

　　死亡的

最隐秘最甘美的享受！

——我赶我的路过于匆促吗？

如今，当双脚已经疲惫，

　　你的目光才把我迎候，

　　你的幸福才把我迎候。

四周只有波浪和嬉戏。

　　滞重的一切

沉入蓝色的遗忘，

我的小舟如今悠闲地停泊。

风暴和航行——它全已荒疏！

　　心愿和希望已经淹没，

　　灵魂和海洋恬然静卧。

第七重孤寂！

　　我从未感到

更真切的甜蜜的安逸，

更温暖的太阳的凝注。

——我峰顶的积冰尚未烧红吗？

　　银色，轻捷，像一条鱼，

我的小舟正逍遥游出……

阿莉阿德尼*的悲叹

谁还温暖我，谁还爱我？
　　给我滚烫的手！
　　给我心灵的炭盆！
我俯躺着，颤抖着，
像一个被人暖着双脚的半死的人，
呵！无名烧使我抽搐，
凛冽的利箭使我哆嗦，
　　被你追逐着，思想！
不可名状者！隐蔽者！可怖者！
　　你躲在云后的猎人！
被你的闪电击倒了，
你暗中窥视着我的嘲讽的眼睛！
　　我这样躺着，
扭曲，蜷缩，受折磨于
一切永恒的酷刑，
　　被你击中了，
最残忍的猎人，
你无名的——神……

/

* 阿莉阿德尼，希腊神话中弥诺斯和帕西淮的女儿，曾搭救英雄忒修斯并与之一起逃走，途中被抛弃，后来成为酒神狄奥尼索斯的祭司和妻子。

刺击得深些！
再刺击一次！
刺伤、击碎这颗心吧！
为何你的酷刑
要用鲁钝的箭矢？
为何你总是盯着我，
不倦地折磨人类，
用幸灾乐祸的炯炯神眼？
莫非你不想把人杀死，
只是想折磨了，再折磨？
为何你要折磨我，
幸灾乐祸的无名之神？

哈哈！
你偷偷走近，
在这样的午夜？
你想要什么？
说吧！
你挤我，压我，
哈！靠得太近啦！
你窃听我的呼吸，
你又窃听我的心跳，
你嫉妒者！

　　——你究竟嫉妒什么？

滚开！滚开！
这梯子用来干什么？
你想潜入
潜入我的心房，
你想偷袭
偷袭我最隐秘的思想？
无耻者！无名者！窃贼！
你要偷盗什么？
你要窃听什么？
你要逼供什么，
你刑讯者！
你——杀戮之神！
也许我该像一只狗，
在你面前打滚？
忠心耿耿、兴高采烈地
向你摇尾乞怜？
做梦！
继续刺吧！
最残忍的箭矢！
我不是狗——而只是你捕获的野兽，
你最残忍的猎人！
我是你最骄傲的俘虏，

你躲在云后的强盗……
干脆说吧！
你隐藏的闪电！无名者！说吧！
你想要什么，打劫者，从——我身上？

怎么？
赎身金？
你要多少赎身金？
多多益善——我的骄傲吩咐！
少说废话——我的另一重骄傲吩咐！

哈哈！
你要——我？我？
整个的——我？

哈哈！
你折磨我，你这个小丑，
你折磨我的骄傲？
给我爱吧——谁还温暖我？
　　谁还爱我？
给我滚烫的手，
给我心灵的炭盆，
给我这最孤寂者

冰，呵！七倍的冰
使我渴求敌人，
甚至渴求敌人，
给我，给我呵
最残酷的敌人，
给我——你！
好了！
他逃跑了，
我唯一的伴侣，
我伟大的敌人，
我的无名者，
我的杀戮之神！

不！
回来吧！
带着你的全部折磨！
我的满眶热泪向你倾洒，
我的最后的心灵之火
为你熊熊燃烧。
呵，回来吧，
我的无名之神！我的痛苦！
我的最后的幸福！
（闪电。酒神狄奥尼索斯在绿宝石的美之中显现。）

酒神：

聪明些，阿莉阿德尼！
你有精巧的耳朵，你有我的耳朵：
听我一句聪明话！
凡人若要自爱，岂非必先自恨？
我是你的迷宫……

荣誉和永恒

1

你已经多么长久地坐在

　　你的厄运之上？

当心！你还在替我孵化

　　一只蛋，

　　一只蜥蜴蛋，

从你漫长的悲苦之中。

查拉图斯特拉为何沿着山麓潜行？

猜疑，溃脓，阴郁，

一个耐心的伺伏者——

可是突然，一道闪电，

耀眼，恐怖，一个对天空的打击

来自深渊：

——山岳的五脏六腑

为之震颤……

仇恨与电火在这里

合为一体，一个天谴——

查拉图斯特拉的愤怒投向山岳，

他像一片雷云默默赶他的路。

溜吧，躲到你最后一爿屋顶下去！
上床吧，娇生惯养的人们！
惊雷在苍穹之顶滚动，
一切屋宇和城墙在摇颤，
闪电和喷着硫磺的真理划破长空——
　　查拉图斯特拉在诅咒……

2

全世界通用的
这硬币——
荣誉，
我戴着手套碰它们，
我厌恶地把它们踩在脚下。

谁愿做硬通货？
那任人购买的……
谁待价而沽，就把
肥腻的手
伸向荣誉，这全世界丁当响的铜板！

——你要买它们？
它们全都可以买到。
不过要出大价钱！

摇响满满的钱袋！
——你一向在加强它们，
你一向在加强它们的道德……

它们全都道貌岸然。
荣誉和道德——情投意合。
世界这样度日很久了，
它用荣誉的喧嚣
支付道德的说教——
世界靠这吵闹声度日……

面对一切道德家
——我愿负债累累，
负下种种巨额的债务！
面对一切荣誉的喇叭
我的虚荣心萎缩了
我渴望成为
最卑贱者……

全世界通用的
这硬币——
荣誉，
我戴着手套碰它们，

我厌恶地把它们踩在脚下。

3

静！

对于伟大的事物——我见到了伟大！

应当沉默

或者伟大地谈论：

伟大地谈论吧，我的激扬的智慧！

我抬头仰望

那里翻滚着光的海洋：

——呵，黑夜，呵，沉默，呵，死寂的喧哗！

我看见一个征象——

从最远的远方

一种星象闪着火花在我眼前缓缓下沉……

4

存在的最高星辰！

永恒雕塑的图象！

你正迎我走来吗？

世上无人见过的

你的无言的美——

怎么？它不回避我的眼睛？

必然的标记！

永恒雕塑的图象！

——可是你当然知道：

人人都恨的，

唯我独爱的，

乃是你的永恒！

乃是你的必然！

我的爱情

永远只为必然而燃烧。

必然的标记！

存在的最高星辰！

——一切愿望不能企及，

一切否定不能污损，

你永远肯定存在，

我永远肯定你：

因为我爱你，呵，永恒！

最富者的贫穷

十年以来——
没有一滴水降临我，
没有一丝沁人的风，没有一颗爱的露珠
——一片不雨之地……
我求我的智慧
在这干旱中不要变得吝啬：
自己满溢，自己降露，
自己做焦枯荒野上的雨！

我曾吩咐乌云
飘离我的山岭——
我曾说："让光明驱散黑暗！"
今天我却呼唤你们回来：
用你们的乳房为我遮荫！
——我要挤你们的乳汁，
天上的母牛！
我把暖如乳汁的智慧、爱的甘露
倾泻于大地。

去吧，去吧，你们
目光阴郁的真理！

我不愿在我的山上
看到苦涩焦躁的真理。
今天我身旁的真理
因微笑而容光焕发，
因日晒而甜蜜，因爱情而殷红
我从树上只采摘成熟的真理。

今天我把手伸向
偶然的发卷，
足智多谋，把偶然
当作一个孩子领着，哄着。
今天我愿友好地接待
不速之客，
面对命运我不想锋芒毕露
——查拉图斯特拉不是一只刺猬。

我的灵魂
有一条贪婪的舌头，
舔过一切好的坏的东西，
沉入每一个深渊。
然而又像软木塞，
总是重新浮上来，
像油一样在棕色的海面漂幻：

所以我被称作幸运儿。
谁是我的双亲?
莫非我的父亲是丰盛王子,
我的母亲是恬静的倩笑?
莫非他们的联姻生育了
我这谜兽,
我这光的精灵,
我这一切智慧的挥霍者查拉图斯特拉?

如今我已经柔肠寸断,
盼望着一阵含露的风,
查拉图斯特拉静候在、静候在他的山上——
在自己的果汁里
变得甜蜜而成熟,
在他的峰顶下方,
在他的冰崖下方,
倦怠又陶醉,
一位造物主在他的第七日。

——静! 一个真理飘过我的头顶
像一朵云
它用无形的闪电击中了我。
在悠长堂皇的阶梯上

它的幸福正向我走来：
来吧，来吧，心爱的真理！
——静！
这是我的真理！
从闪忽的眸子里，
从天鹅绒般的颤悠里，
她的目光与我相遇，
娇媚，调皮，少女的一瞥……
她猜中了我的幸福的谜底，
她猜中了我——呵！她想做什么？
一条紫色的龙
潜藏在她秋波的深渊里。

——静！我的真理开口了！

可悲啊，查拉图斯特拉！
你活像
一个吞金的人：
你的肚子就要被剖开了！
你过于富庶，
你树敌太多！
你太招人嫉妒，
你太显人贫穷……

你的光明甚至也向我投下了阴影——
我瑟缩颤抖：走开，你富庶者，
走开，查拉图斯特拉，走出你的太阳！

你想馈赠、送掉你的丰盛，
可你自己就是最丰盛者！
放聪明些，你富庶者，
把你自己先分送掉，查拉图斯特拉呵！

十年以来——
没有一滴水降临你吗？
没有一丝沁人的风吗？没有一颗爱的露珠吗？
可是谁还能爱你，
你太富者？
你的幸福使周围干涸，
使爱情贫瘠
——一片无雨之地……

不再有人感谢你，
而你却感谢
每一个向你索取的人：
我了解你，
你太富者，

你一切富者中的最贫穷者！
你奉献自己，你的财富折磨着你
你缴出自己，
你不珍惜自己，你不爱自己，
大痛苦时刻煎逼着你，
那满溢的谷仓、满溢的心房的痛苦
可是不再有人感谢你……

你必须变得更穷，
聪明的傻子！
你要使自己能够被人爱。
人只爱受苦者，
人只把爱给予饥馑者：
把你自己先分送掉，查拉图斯特拉呵！

——我就是你的真理……

查拉图斯特拉的
格言和歌

1882

1888

这是查拉图斯特拉的歌，

他唱给自己听，

从而忍受了他的最后的孤独。

话语、譬喻和图象

1

我睡了，别为这生气，

我只是疲倦了，我并未死去。

我的声音不听话地响着，

那只是鼾声和鼻息，

一个疲倦者的歌。

这里没有死亡的渴求，

这里没有坟墓的引诱。

2

乌云犹在轰鸣，

可是田野上空已经升起

耀眼、恬静、凝重的

查拉图斯特拉的宝库。

3

高空是我的故乡，
我并不为自己寻求高空。
我并不举目仰望；
我是一个俯视者，
一个必须祝福的人，
一切祝福者都俯视……

4

对于这样的虚荣心
地球岂非太小了？

5

我放弃了一切，
我拥有和珍惜的一切，
我什么也不再留下，
除了你，伟大的希望！

6

怎么回事？大海沉落了？
不，是我的土地在生长！
一种新的热情托着它上升！

7

我那彼岸的幸福！

我今天的幸福就是

把影子投入它的光明。

8

这耀眼的深渊！

一向称作星星的东西

变成了斑点。

9

你们一本正经，

我万事游戏。

10

呼啸吧，风，呼啸吧！

请夺走我的一切舒适！

11

我由此起步：

忘掉对我自己的同情！

12

星星的碎片——

我用这些碎片建造一个世界。

13

你并非推翻了偶像，

你只是推翻了你身上的偶像的仆人，

这便是你的勇气。

14

它们站在那里，

那些笨重顽固的猫，

那些远古时代的价值——

唉，你想如何推翻它们？

张牙舞爪的猫

爪子被裹住了，

它们坐在那里，

恶狠狠地望着。

15

这石头的美

为我冷却了灼热的心。

16

还没有镀上一层微笑的真理，
乳臭未干急于求成的真理
围我而坐。

真理属于我们的双足！
舞蹈着走向真理！

17

我的智慧是闪电，
它用钻石宝剑为我划破一切黑暗！

18

谁为自己制造
这最高的障碍，
这思想的思想？
生命自己为自己制造
它的最高障碍：
此刻它正跳越它的思想。

在这个思想上
我寄托了我的未来。

19

我的思想

现在还是沸腾的熔岩，

可是每座熔岩

都凝固于自筑的堡垒，

每种思想

都窒息于所谓“法则”。

20

现在这就是我的意志，

从此以后，我事事如愿以偿——

这是我最后的聪明：

我只要我所必须的

以此我战胜了一切“必须”……

从此对我来说不存在“必须”……

21

忠告，谜样的朋友，

此刻我的德行躲在何处？

它从我身边跑开了，

它害怕我的

钓竿和网的诡计。

22

一只狼亲自为我作证

并且说："你嗥叫得比我们狼更好。"

23

欺骗——

这就是战争中的一切。

狐狸的皮

是我的秘密的甲胄。

24

哪里有危险，

我就在哪里出现，

我就在哪里破土而出。

25

我们挖掘新的财富，

我们挖掘新的宝藏；

从前有过渎神行为，

挖掘惊扰了大地的腑脏；

如今又要有渎神行为，

你们没有听见一切深度在闹肚子吗？

26

你坐在这里，那么无情，
就像驱迫我走向你的
我的好奇心：
好吧，斯芬克司，
我是一个提问者，像你一样，
这深渊是我们共有的——
也许我们能用同一张嘴说话！

27

我是一个听取誓言的人，
向我宣誓吧！

28

寻求着爱——可是找到和不得不撕破的
总是假面，这可诅咒的假面！

29

我爱你们？
骑手这样爱他的马：
它载他走向他的目标。

30

他的同情是严酷的，
他的爱会把人压碎：
不要同巨人握手！

31

你们怕我？
你们怕绷紧的弓？
唉，但愿有人能把他的箭放到弓上！

32

“你在四周铺开新的夜，
你的狮足踏出一片荒漠。”

33

我只是一个造词者：
词有什么，
我就有什么！

34

唉，我的朋友？

世人所谓的“善”往何处去！

一切“善人”往何处去！

所有这些无辜的谎言往何处去，往何处去！

我把一切叫做善，

树叶和草地，幸福，好运气和雨。

35

当我因人受苦时，

往往并非苦于他的罪恶和愚昧，

倒是苦于他的完美。

36

“人是恶的，”

一切大智大慧者如是说——

为了安慰我。

37

只有当我成为我自己的负担时，

我才觉得你们重！

38

不一会儿
我又笑了；
敌人在我身上
罕能得到满足。

39

我对人和偶然都宽容；
与人人友好，与小草也友好：
冬日山坡上的一片阳光……
温柔而湿润，
使心灵解冻的一阵春风；

对于渺小的利益
我却傲慢：
一看见小店主的长指头，
就几乎想要
把短指头拉长——
我的难调的口味如此要求。

40

一个陌生的声音在我耳旁呵斥低语：
“我是一面变模糊了的镜子吗？”

41

渺小的人们，

信任，坦率，

但门是低矮的，

只有侏儒才能通过。

我是怎样由这城门出来的？

我已不会在矮人中生活！

42

我的智慧犹如太阳：

我愿是它的光，

可是我使它太耀眼了：

我的智慧的太阳刺瞎了

这些蝙蝠的

眼睛……

43

“你像任何一位先知那样静观黑暗和苦难，

还没有一个智者经历过地狱的极乐。”

44

回去！你们跟我太近踩了我的脚！
回去，免得我的真理踩你们的头！

45

“谁走你的路，必通往地狱！”
好吧！我愿用好的格言
为自己铺设通往我的地狱的路。

46

你们的上帝，据你们说，
是一位仁爱的上帝？
良心的咬啮、
仁爱的咬啮？

47

他的上帝的猿——
你愿意仅仅做你的上帝的猿？

48

他们啃着卵石，

他们枕着

小巧圆滑之物的肚皮；

他们崇拜未倒塌的一切，

这些上帝的末代奴仆，

这些现实的信徒！

49

没有女人，哺育不良，

并且盯着她们的肚脐，

——这污秽的画面

散发着臭气！

他们就这样为自己编造了上帝的肉欲。

50

他们从无中造出他们的上帝，

奇迹：现在上帝对他们又变成了无。

51

你们这些高贵者，已经有过

思索的时代，绞尽脑汁的时代，

如同我们的今天和昨天。

52

这时代是一个病妇——
让她去叫喊、骂詈、诅咒
和打碎盆盆罐罐吧！

53

绝望的人们呵！当着你们的
观众的面，你们表演得多么勇敢！

54

你们攀登着，
这是真的吗，你们攀登着，
你们这些高贵者？
你们是否不再变化，宽容大度，
像一只球
被挤压到高处
——经过你们的最低处？
你们不逃避自己吗，攀登者？

55

嘿，你相信
必须蔑视，
在你只能放弃时！

56

所有男子汉都重复说：

不！不！决不！

让天上的铃儿去丁当丁当！

我们不愿进入天国——

尘世应当属于我们！

57

懒汉们听着：

谁无事可做，

“无”就给谁添麻烦。

58

你再也不能忍受

你的横暴的命运？

爱你无可选择的东西吧！

59

仅此可以摆脱一切痛苦——

选择吧：

快速地死

或持久地爱。

60

人人必死无疑。

干吗不快快活活呢?

61

那最糟糕的异议

我瞒住了你们——生命变得令人厌倦了,

丢弃它,它又会重新吸引你们!

62

寂寞的日子,

你们愿借勇敢的足行走。

63

孤独

并不栽种:它成熟……

为此还须有太阳做你的情侣。

64

你必须重新受到挤压:

人在挤压中变得又硬又滑。

孤独变脆了,

孤独败坏了……

65

当孤独者

被大恐怖袭击，

当他不停地奔跑

却不知跑向哪里，

当风暴在他背后呼啸，

当闪电在他面前照耀，

当他的鬼影幢幢的洞穴

使他心惊肉跳……

66

乌云——你们携带着什么，

为了我们自由轻飏的快乐的灵魂？

67

把你的重负投入深渊！

人呵遗忘吧！人呵遗忘吧！

遗忘是神圣的艺术！

如果你愿飞翔，

如果你愿以高空为家：

就把你的重负投入大海吧！

这里是大海，把你自己投入大海吧：

遗忘是神圣的艺术！

68

你如此好奇？

你能否凝望这个角落？

为了作此凝望，

人必须脑后也长眼睛！

69

放眼看！不要反顾！

谁总是寻根究底，

谁就完蛋。

70

对勇士

慎勿警告！

为这警告

他愈发冲向每个深渊。

71

他为何从他的高峰跃下？

什么在引诱他？

引诱他的是对一切低卑者的同情：

而今他躺在那里，碎裂，无用，冰凉——

72

他走向何方？有谁知道？

只知道他消失了。

一颗星熄灭于荒漠，

荒漠更荒凉了……

73

一个人所没有的

而又必需的，

他就应当为自己夺取——

于是我为自己夺得了坦然的良心。

74

谁会把权利拱手交给你？

那就为你自己去夺取权利吧！

75

波浪，你们好不古怪？

你们向我示威？

你们怒涛澎湃？

我用我的桨敲打

你们愚蠢的头。

这一叶扁舟——

你们反正得把它驮向不朽！

76

你们周围的东西

很快就与你们稔熟——

习惯由此产生；

你在哪里久坐，

习惯就在哪里滋生。

77

当新的声音喑哑了，

你们就用陈词滥调

炮制一条法则；

生命僵死之处，

必有法则堆积。

78

类似的反驳不能成立：
这可是真的？
哦，你们天真汉！

79

你强壮吗？
强壮得像头驴？强壮得像上帝？
你骄傲吗？
骄傲得面对你的虚荣心
不知羞耻为何事？

80

留神你自己，
不要做命运的
吹鼓手！
离开一切沽名钓誉的
喧嚣之路！

一个珍惜他的声誉的人
并不急于求成。

81

你想伸手入荆棘？

你的手指大吃其苦头了。

握一把匕首吧！

82

你弱不禁风？

提防孩子的手！

孩子不毁坏点什么，

就没法过日子……

83

当心，多娇嫩的皮肤！

你竟想从这东西上

刮下一层茸毛？

84

你的许多思想

出自心灵，

你的少量思想

出自头脑，

它们岂非都被思考得很马虎？

85

倘若你是一叶金箔
你的经历就将
载入金色的史册。

86

他堂堂正正站在那里，
他左脚的小脚趾
比我整个头颅
包含更多公正的意义：
一只道德怪物，
全身缟素。

87

他摹仿起自己来了，
他疲倦了，
他寻找他的旧路了——
而不久前他还爱一切陌生的路！

悄悄地燃烧着，
并非为了他的信仰，
他毋宁是为无信仰
寻求着勇气。

88

对于不安稳者
监狱是何等安全！
被捕获的罪犯
灵魂沉睡得何等安宁！
唯有一丝不苟者
因良心而备受痛苦！

89

他蹲兽笼太久了，
这逃犯！
他怕警棍怕得
太久了！
如今他胆战心惊地赶他的路：
一切都使他趔趄，
哪怕一根棍子的影子也使他趔趄。

90

烟熏的卧室，阴霉的客厅，
兽槛，狭隘的心灵，
你们如何装得下自由的精神！

91

不可救药！你们的心灵狭窄，
而你们的全部精神
被抓住并关进了
这狭窄的兽笼里。

92

狭隘的灵魂，
小市民的灵魂！
一旦金钱跳进钱柜，
灵魂也就不断往里跳！

93

财产的囚犯，
他们的思想发出锁链般冷酷的声响，
——他们为自己发明了最虔诚的无聊
以及对不夜天和工作日的渴望。

94

遮蔽的天空中，
飞舞着射向仇人的
冷箭和致命的阴谋，
它们在中伤幸福者。

我的幸福使他们痛苦，
我的幸福成了这些嫉妒狂的阴影，
他们冷得发抖。

95

他们含情脉脉，却郁郁寡欢，
他们捶胸顿足，
因为无人愿拥抱他们。

他们不知肉味，
不近女色，
——他们悲天悯人。

96

莫非你们是女人，
所以你们想为你们之所爱
受苦？

97

奶汁流动在
他们的灵魂里；不止于此！
他们的精神也是乳状的。

98

他们是冷漠的，这些学者们！
愿闪电击中他们的菜肴！
他们可学过吃火？

99

他们的冷漠
使我的记忆吃惊了吗？
我曾经感到过
我的心儿跳动和燃烧吗？

100

他们的理智是悖理，
他们的幽默是“然而”“可是”。

101

你们对于过去的
虚假的爱，
一种腐朽坟墓的爱——
它是对生命的掠夺：
你们从未来偷窃了它。

古董专家：
一种腐朽坟墓的行当，
生活在棺材和锯屑之间！

102

哦，这些诗人们！
他们身上藏着一匹牡马，
以贞洁的方式嘶鸣着。

103

唯有能够自觉自愿地
说谎的诗人，
方能够说出真理。

104

我们对真理的追求

可是对幸福的追求？

105

真理

是一女子，如此而已，

在她的羞怯中藏着狡诈，

对于亟盼得到的，

她不想明白，

她佯装拒绝……

她信服谁？唯有暴力！

所以要施暴力，

要冷酷，你们最智慧者！

你们必须强迫她，

这羞羞答答的真理……

为了她的幸福

需要强迫

——她是一女子，如此而已。

106

我们彼此恶毒地揣想?

我们离得太远了。

可是此刻,在这斗室里,

我们的命运拴在一起,

如何还能继续敌对?

人不得不爱,

倘若他无法逃脱。

107

“爱仇敌,

让强盗把你劫走”:

女子聆听这声音并且——顺从了。

108

美于谁相宜?

不宜于男子:

男子被美遮蔽了,

而被遮蔽的男子罕能

自由地行动。

109

最美的肉体——仅是一帷幕，
其中害羞地裹着——次美的东西。

110

高贵的眼睛
垂着重重帘幕，
难得开启，
秋波为它敬重的人流盼。

111

迟缓的眼睛
难得爱恋，
可它一旦爱恋，便如同
从一口金井射出奇光，
神龙在爱的避难所苏醒……

112

倔强者——
与自己结下恶姻缘
满怀敌意，
是他自己的悍妻。

113

他怏怏不乐，
伸出瘦削的胳膊；
他的声音消沉，
他的眼睛生出铜绿。

114

天空在熊熊燃烧，
大海对着你
龇牙咧嘴——大海
向我们啐唾！

115

每个庄园主如此说：
“无论胜者败者
都叫他不得安宁！”

一个武装的旅行者
烦躁不安，
无人肯将他留宿。

116

“烟也有点儿用处，”
贝督因人[*]这样说，我附和：
烟呵，你岂不
向羁旅之人宣告了
慷慨的客舍近在眼前？

一个疲倦的旅人——
迎接他的是
狗的冷酷的吠声。

117

这里是蟹，我对它毫不怜悯：
你抓住它，它就钳你；
你放掉它，它就横行。

/
* 贝督因人，阿拉伯半岛和北非的游牧或半游牧的阿拉伯人。

118

一条闪光的舞蹈的溪流，
巨石累累的曲折的河床
把它捉住了：
怎样使它重获自由？
在阴暗的石块之间
它的焦躁在闪烁，在抽搐。

119

伟人和大江曲折地行进，
曲折，然而朝着目标：
这是他们最佳的勇气，
不畏惧走曲折的道路。

120

越过北国，冰，今天，

越过死亡，

在远方，

有我们的生活，我们的幸福！

无论陆地

还是海洋

你都不能觅到

通向北极人之路——

一位先知向我们预言。

121

你想捉住他们?

对他们说

如同对迷路之羊：

“你们的路，你们的路呵，

你们把它丢失了！”

他们乖乖地跟随

每个如此恭维他们的人。

“怎么？我们有过一条路？”

他们悄悄自语：

“真的，我们有过一条路！”

122

夜，屋顶上空
又露出月亮的胖脸。
他，公猫中最嫉妒者，
白皙肥胖的“月中男人”，
妒视着每一对情侣。
他裸行于一切暗角，
斜睨着半闭的绮窗，
像一个淫邪的胖僧侣
无耻夜行在禁路上。

最孤独者

此刻，白昼厌倦了白昼，
小溪又开始淙淙吟唱
把一切渴望抚慰，
天穹悬挂在黄金的蛛网里，
向每个疲倦者低语：“安息吧！”
忧郁的心呵，你为何不肯安息，
是什么刺得你双脚流血地奔逃……
你究竟期待着什么？

勤奋和天才

我嫉妒勤奋者的勤奋：
光阴闪着金光千篇一律地朝他流来，
闪着金光千篇一律地流去，
隐没在阴暗的海洋里，
在他的帐幕四周开放着
没有肢体的遗忘。

蜂蜜祭

请带给我清凉新鲜的
金色蜂蜜！
我用它献祭一切馈赠者，
施惠者，建功者——
一切鼓舞人心者！

铁的沉默

侧耳倾听——没有一点声音！
世界喑哑了……
我用好奇的耳朵倾听：
一次次甩出我的钓钩，
一次次钓不到一条鱼。
我倾听——我的网没有动静……
我用爱的耳朵倾听——

巨人

“兄弟们，”侏儒长老说，“我们危险了。我明白这巨人的姿势，他要将我们席卷。巨人走过，会有沙流。他一移步，我们就无影无踪了。我且不说，那时我们会淹没于怎样可怕的元素里。”

侏儒乙说：“问题是怎样阻止巨人移步？”

侏儒丙说：“问题是怎样阻止巨人为所欲为？”

侏儒长老庄重地答道：“我思忖一下。在此哲学地处理问题，其利倍增，其解唾手可得。”

侏儒丁说：“非吓唬他不可。”

侏儒戊说：“非呵他痒痒不可。”

侏儒己说：“非咬他脚指头不可。”

长老决定：“让我们齐头并进！我看我们安全了，这巨人不会再移步。”

图书在版编目（CIP）数据

尼采诗集 /（德）尼采（Friedrich Nietzsche）著；
周国平译．—上海：上海译文出版社，2017.7（2025.7 重印）
ISBN 978-7-5327-7518-7

I. ①尼… II. ①尼… ②周… III. ①诗集—德国—
近代 IV. ① I516.24

中国版本图书馆 CIP 数据核字 (2017) 第 103981 号

Friedrich Nietzsche
Sämtliche Gedichte

尼采诗集	责任编辑 衷雅琴	装帧设计 储 平
[德]弗里德里希·尼采 著		
周国平 译		

上海译文出版社有限公司出版、发行
网址：www.yiwen.com.cn
201101 上海市闵行区号景路 159 弄 B 座
山东韵杰文化科技有限公司印刷

开本 890×1240 1/32 印张 9 插页 4 字数 40,000
2017 年 7 月第 1 版 2025 年 7 月第 18 次印刷
印数：110,001–118,000 册

ISBN 978-7-5327-7518-7
定价：58.00 元